生命符号

程耀棠 著

敦煌文艺出版社

图书在版编目（CIP）数据

生命符号 / 程耀荣著. -- 兰州：敦煌文艺出版社，
2013.4（2023.1重印）
　ISBN 978-7-5468-0498-9

　Ⅰ．①生… Ⅱ．①程… Ⅲ．①散文集－中国－当代
Ⅳ．①I267

中国版本图书馆CIP数据核字(2013)第071842号

生命符号

程耀荣　著

责任编辑：张家骊
装帧设计：石　璞

敦煌文艺出版社出版、发行
地址：（730030）兰州市城关区曹家巷1号新闻出版大厦
邮箱：dunhuangwenyi1958@163.com
0931-8773236（编辑部）
0931-8120135（发行部）

天津旭丰源印刷有限公司印刷
开本 880 毫米 ×1230 毫米 1/32 印张 9 插页 2 字数 160 千
2013 年 5 月第 1 版　2023 年 1 月第 2 次印刷
印数　1 301~4 300 册

ISBN 978-7-5468-0498-9
定价：48.00 元

自　序

　　《生命符号》这本小书就要付梓了，这是本人继《生活的足迹》和《心河》之后的又一拙作。2011年出版的《心河》，是对自己工作旅程的总结，也是对自己一个生命阶段的小结，原本不打算再写什么了，主要是觉得没有生活素材，再没有什么可写的东西了。一些老领导和老朋友读了《心河》之后，给予了热情积极的鼓励，希望我能在随笔散文方面再写一点东西；同学们希望把在校读书时候的逸闻趣事写一写，作为晚年温馨的回忆；家人和亲戚们则希望记录一些亲人的故事，特别是去世多年的母亲的故事，应该记录下来，传给后代，让后代们了解祖先，记着祖先，怀念祖先。自己也觉得意犹未尽。鉴于此，我就写了亲情片段，包括母亲、大舅等；又写了《寂静的山村》《炊烟袅袅》《秋风萧瑟》《雨的感受》《麻雀春秋》《黄河从窗前流过》等文章。这些文章仍然是记录了一些自己经历过的事，了解到的事，感觉到的事，思考了的事，都是生命留下的轨迹和符号，因此就将此书命名为《生命符号》。

常言说，一个人不能两次踏过同一条河流。延伸这句话，也可以说一个人不能两次走过同一个环境。因为前后两次经过，时间变了，环境变了，人也变了，河山依旧，人面不同。自古以来，没有两个完全一样的人生，每个人都是唯一的，每个人都有对人生的不同理解和解读。每个人的人生都是有意义的。并不是地位显赫的人才有丰富的人生，地位卑微的人同样有精彩的人生。你看那么多权势熏天、不可一世的显要人物最后都进了"贰臣传"、"奸佞薄"和"贪官名单"，家破人亡、身败名裂；许多默默无闻，出身草根阶层的人却进了"忠烈传"、"英模录"和"感动中国人物"候选名单之中，家喻户晓、青史留名，这就是最好的证明。人类对历史的考证，都是从最普通的生活细节中得到的，并不是从所谓的大事件中获得，如我们祖先的第一次主动用火；第一次把石块打磨成石斧、石刀；第一次从树上下来，在地上挖了个居住的地洞；第一次把野谷种子种到地里等等。历史通常无视个别，个别却往往是历史的重要注脚，小事往往就是历史的铁证。由此可见，伟大杰出的人物有有价值的历史，芸芸众生同样也有有价值的历史。因此记录芸芸众生的生活轨迹和生命符号，记录他们在滔滔历史长河中星星点点斑驳的痕迹，也是人类社会发展史中一个不可缺少的部分，也是很有意义的一件事。我和我的亲人、朋友、同事都是芸芸众生，记录我们的生活经历和生命符号，也证明我们都曾到这个绚丽多彩的尘世上来过、生活过、追求过、爱恨过、梦想过、奋斗过、精彩过、沉浮过、成败过。这也就是我写这本《生命符号》一书的初衷。有位作家说过，人生本来没有什么意义，重要的是应该设定一个意义。借用这句话，我认为这几年我属于职务和权力的微弱光环已经褪去，属于事业的义务和责任即将结束和完成，我的人生已步入黄昏时期，也是一个总结、回顾的时期。对我来说，为下一代厘清未来，帮助他们找到生命的制高点是件更有意义的事情。我们有幸经历了一个千载难逢的辉煌时代，连风都自强不息，连雨也不同凡响，雪也是意气风发。为了不辜负这盛世繁华的美好时光，不辜负激情飞扬、梦想成真的辉煌时代，不辜负命运给我们的这个重要时机，不辜负命运让我们经历的深刻而又富于戏剧性的历程，自己给自己设定了一个意义，这也是写这本书的又一个理由。

这两年，我总是在退休的临界状态，日历每天在一页页地撕去，如同一天天地撕去生命，总有那么一点"世纪末"的心态，难免有一种"大江东去"的沧桑感和"物是人非"的失落感。如今真正到了花甲之年，倒觉得比较坦然，比较从容，比较淡定，"爱过知情重，醉过知酒浓"；洗尽铅华，化为平凡，屈服于生命的局限，默读岁月的记忆，从容地解读和品味生命的符号，回首人生路上的风风雨雨、沟沟坎坎和点点滴滴，心平气和，安分守己。再不需要和人抢行情、争座位、谋权势，再不需要扭曲的迎合和违心的赞美，再不需要"士为知己者死，女为悦己者容"的表现，再也没有什么挡不住的诱惑和顶不住的威胁。

六十岁确实是人生的一个极为重要的年龄区段，也算过满了一个甲子，自古就称"花甲老人"了，依照现代理念也是退休老人了。按照传统的文化习俗，六十岁就是耳顺之年，是感悟之岁，也是忆旧的年龄，是进入到另一个境界的生命阶段，也是需要给自己再设定一个意义的阶段。人生没有所有权，只有使用权。人无法结束过去，只能结束未来。人生梦一场，人生常有无法预测的遭遇和猝不及防的变故。能在花甲之年，经历了种种人生，完成了事业使命，尘埃落定之后，从容地回顾往事，追思过往的云烟，欣赏路边的风景，我觉得已经很充实了、很知足了。感谢上苍给我时间，让我体验人生的过程和奇妙的经历；感谢时代给我机会，让我释放自己的才情和智慧；感谢命运给我机遇，让我经历这激情涌动、一日千里快速发展的生动社会；感谢神灵给我机缘，让我欣赏英雄豪杰的精彩和才子佳人的靓丽。《生命符号》这本书就是我感受人生、感悟生命的记录，也是《生活的足迹》和《心河》两本书的姊妹篇。该书出版之后，依然按照老办法，赠送给感兴趣的朋友同事。由于自己文字能力的缺欠和感悟生活的肤浅，这些随笔散文往往难以比较准确地表达自己的真实想法和初衷，自己总觉得还不满意，因此希望亲朋好友提出宝贵意见。

　　是为序。

生 命 符 号

目 录

炊烟袅袅

在陇上金城生活了近四十年，年年被冬季的雾霾所困扰，被春季的沙尘所侵袭，看见冒着滚滚浓烟的烟囱就心烦，碰到路边的小煤炉和屁股后面冒着黑烟的车辆就忧虑。但是一到农村，到了家乡，看着那远远近近的山、明明暗暗的树，看着农家小院里缕缕丝丝、婷婷袅袅的炊烟就心情激动，悠然遐思；就想起童年、少年时期对炊烟的憧憬、向往和依赖；就有了近乡情怯的感动，有了故乡明月的深情，有了对如烟往事的追忆和怀念。记得少年时代每天去上学，早出晚归，中午不回家，带一点干粮充饥，晚上回家时已是又饿又渴，快到家门口看见自家屋顶上浮起的一缕炊烟，就知道母亲已经回家在做饭了，那份温馨，那份激动，那份踏实的感觉，让人至今记忆犹新，浮想联翩。如果回家时看不到烟囱冒烟，家里一定是冰锅冷灶，寂静萧条，那份失望、失落和沮丧的心情也是难以言表的。

烟火，是一个家的标志，烟和火是一对孪生兄弟，因火为烟，无火则无烟。人类从万千生物中进化成有思想、有创造、有设计、有诗情画意、有歌舞升平的物种，首先是从利用烟火开始的。燧人氏"钻木取火"，脱离了茹毛饮血；有巢氏"构木为巢"，出现了家的雏形；炮牺氏"结绳以渔"，"教民以猎"，用智慧获得高级食物；神农氏"遍尝百草"，教人农耕，开创了农耕文明。这都是人类进化的几个关键阶段，特别是烟火的利用，可谓意义重大。希腊神话中的普罗米修斯为了给人类盗取火种，触怒天神宙斯，受到极为严厉的惩罚，但他义无反顾，无悔无怨，得到人类的永久感念。可以说，烟火是从野性和蛮荒中苏醒过来的文明，是东西方共同认定的文明标志。烟火里弥漫着饭香和热气，烟火里弥漫着浓厚的生活气息，它用微笑舔红了山民的晚炊，用红光照亮了黎庶的寒夜，用热气温暖了百姓的心窝。烟火就是生活的意义，烟火就是一个温暖家庭的信号。一家人守着一缕香喷喷的炊烟，就是守着真实，守着幸福，守着未来，守着希望。没有烟火，家不成其为家，搬家成家也就是搬灶立灶、起火冒烟，一个新家的成立就是以烟火为标志的。古人的诗文里烟火就是借指人家，如

《史记·律书》云："鸣鸡吠狗，烟火万里。"唐代诗人刘禹锡的《竹枝词》说："山上层层桃李花，云间烟火是人家。"凡尘俗世，烟火人家，炊烟的味道就是家的味道，炊烟的信号就是家的信号。在乡村山野的老屋旧瓦、残垣断壁之中，如果飘起一缕轻烟，立即就有了人气，有了温暖，有了一份亲近和希望，否则那就是死寂、凄凉、阴森、古井无波。记得过去家乡缺衣少食的年代，有些善于蹭饭吃（吃白食）的人，总是在看到别人家烟囱不冒浓烟而冒轻烟了，灶中再不需要添柴火了，估计饭也就该上桌了，然后就去串门，正好赶上蹭碗饭吃。那时人穷志短，饿肚子确实不好受，比较而言脸面就不重要了，你说不要脸就不要脸吧，能蹭一顿是一顿。烟火标志着人家，烟火标志着温饱，烟火总是把生活、人气的信号昭示世人，是很难瞒人的。晚上生火有火光示人，白天做饭有烟传众。如果一个家里几天不冒烟，那就预示着这家人已经断了烟火，断了食物，断了生活的基本条件，出外漂泊或人亡家散了。记得在"大跃进"时期，那些大干部小干部把家家户户的铁锅统统收去大炼钢铁，又脱离实际地办大食堂，农民都到食堂吃饭，不准农民家里做饭冒烟，家家无炊烟，户户不关门，大饥荒、大灾难就跟着来了。安徒生笔下有个卖火柴的小女孩，在饥寒交迫中，在一根根火柴的烟火中，在憧憬着美好未来中走入永恒。是微弱的烟火给了她最后的慰藉，给了她最后的温暖。作者也是在控诉不公平的社会，"朱门酒肉臭，路有冻死骨"，穷人的孩子连一点烟火的温暖都得不到。还记得在家乡时，几个伙伴在野外拾柴放羊，想生火烧一点洋芋、玉米等充饥，最难的就是晚上有火、白天有烟传信，生产队长就会威风凛凛地来检查过问，用最粗俗恶毒的语言责骂你。因此白天在野外起火，想要不被人发现，就要选择在艳阳高照的中午时分，生火时要让柴火充分燃烧，火壮则烟微，依靠刺眼的阳光和充分的燃烧，才有可能瞒天过海，偷食美味。

烟火给人类带来了多少帮助、多少温馨、多少希望、多少动力，真是数不胜数，它与人类的进化、发展心心相印、息息相关。但是，烟火给人类带来了多少灾难，多少社会问题，也让人记忆犹新，欲说还休。烟火的载体就是燃料，就是能源。自从人类利用烟火、能源开始，大力开发、尽力挖掘、血腥争夺，甚至疯狂使用烟火、能源的行为，就没有停止过。刀耕火种，放火烧荒，砍树、挖煤、钻油、开发原子能，无所不用其极。早在几千年前，人类就用烽烟报警了，"烽火戏诸侯"就是最典型的例子。曾几何时，周幽王的烽烟、卢沟桥的烽烟、鸭绿江的烽烟、山海关的烽烟、渔阳的烽烟、坚船利炮的烽烟，让中国人见烟惊惧，谈烟色变。用火做刑具、做武器，用烟熏人，用烟制烟幕弹、迷惑对手，在很早的时候就被人类创造出来，并广泛应用。特别是中国人发明火药以来，欧洲列强就利用火药的威力，用坚船利炮敲开了一个个落后封闭国家的大门，四处扩张，四处掠夺，肆意侵略，制造了无法计数的悲剧和灾祸。直至现在，飞机大炮原子弹，能毁灭整个人类的武器都被造出来了。烟火、能源的过度开发利用，已经给人类带来难以尽述的环境问题和人间灾难。

烟，让人忘不掉、离不开、躲不了、受不了的烟，它在戈壁旷野演化出"大漠孤烟，长河落日"的壮丽；它在黄昏斜阳里变幻出"苍烟落照"的美景；它在云乡山村营造出"烟火人家"的温馨；它在洞庭湖上幻化出"长烟一空，皓月千里"的意境；它在文人诗人眼前催生了奇思妙想；它在军人吏人手中构思了一个个诡秘阴险的韬略和权谋。烽烟相传，那是外敌入寇；狼烟四起，那是天下大乱；硝烟弥漫，那是战乱流离；灰飞烟灭，那是起事失败；尘烟笼罩，那是环境污染；炊烟袅袅，那是生活的气息。人类一定需要那么多的枪炮、导弹、火箭、原子弹吗？一定需要一人开着一辆汽车在拥挤不堪的公路上像蜗牛一样爬行吗？生命的三要素是阳光、空气和水，现在是阳光被污染，空气被污染，水也被污染。污染它们的恰恰就是人类文明标志的烟火、能源。我以为人类生存并不需要那么多的现代化设施。守着一口老井，一眼清泉，一块草地，几亩熟田，一缕炊烟，守着心中的"瓦尔登湖"，做一个黄粱美梦，岂不惬意？

炊烟袅袅，深情款款；炊烟袅袅，万分牵连；炊烟袅袅，童年的呼唤；炊烟袅袅，让天涯游子心系故土；炊烟袅袅，让出门的家人在苍茫的暮色里加紧脚步；炊烟袅袅，让保家卫国的战士更加坚定信念；炊烟袅袅，让芸芸众生更加懂得生活，脚踏实地，拥抱自然。我思恋故乡的小河，我思恋故乡的明月，我思恋故乡的清泉，我思恋故乡的炊烟。我向往故乡的炊烟袅袅，向往袅袅炊烟从渔村小巷升起，从农家小院升起，像蓝色的绸带在晨光中、在晚霞里飘曳。向往漂泊的脚步停留在炊烟袅袅的烟火人家，停留在"悔教夫婿觅封侯"的情人心中。

雨的感受

记得刚刚上小学的时候，一篇课文中植物们说："下吧，下吧，我要发芽!""下吧，下吧，我要长大!""下吧，下吧，我要开花!"表达了植物对雨的渴望，对雨的依恋，对雨的情感。那时年纪小不懂事，只知道雨点打湿衣服不好受，雨水泡透鞋子不好受，雨天泥泞走路不好受，雨夜房屋漏水不好受，雨中拾柴、拔草、放羊、看"雀儿（麻雀）"更不好受。由于家境贫寒，没有雨衣、雨伞、雨鞋，下雨天去放羊看雀儿经常只能戴一顶草帽，穿一件蓑衣或者裹一条麻袋，打着赤脚，挽起裤子，泥里走、雨里行，其苦楚是可想而知的。因此，我希望天天风和日丽，山明水秀，四季如春，那时我难以理解植物对雨的企盼，动物对雨的企盼，人类对雨的企盼，山川大地、江河湖海、冰川沙漠对雨的企盼。年龄稍大一点，知道了生活的艰辛，知道了甘露的意义，知道雨和万物生长紧密相连，雨和庄稼收成紧密相连，雨和衣食温饱紧密相连，雨和社会稳定、国家强盛、民族兴亡都紧密相连。知道雨和人的一生结下了不解之缘，风风雨雨，缠缠绵绵，心心念念。丝丝春雨让人温馨，凉爽夏雨让人兴奋，潇潇秋雨让人凄迷，暴风骤雨让人惊惧，久旱甘雨让人感动，江湖夜雨让人思归。

雨是所有远离河流的陆生植物补给水分的唯一方法。自从神农氏遍尝百草，教人农耕以来，人们逐渐被固定在一块块土地上，头顶一片天，脚踏一方土，耕田种地，繁衍生息。人类生存的三要素——阳光、空气和水之中，阳光和空气基本上是无处不有，无偿使用，唯有水主要依靠降雨提供，靠老天的眷顾和关照。因此人类对雨的依赖和企盼贯穿着人类生存生活的始终，人们经常盼那沥沥细雨抑制尘沙，浸润大地，哺育禾苗，滋养万物，滋润喧嚣的世界，润泽人们的心田；企盼那杏花春雨，渭城朝雨，巴山夜雨，天街小雨，空山新雨；企盼聆听雨的声音，品尝雨的芬芳，感受雨的多情，抚摸雨的温柔，体会雨的浪漫。但是在靠天吃饭，靠雨种植的地方，雨常常让人望眼欲穿，焦灼等待。雨总是那么不尽如人意，恩恩怨怨，欲说还休。

记得上世纪七十年代初期，我的家乡连年干旱，庄稼收成不好闹饥荒，农民都吃政府提供的供应粮，可以说年年盼雨，月月盼雨，天天盼雨。在我们县的北乡，地下水都是苦咸水，人畜饮水问题历来都是依靠收集在水窖中的雨水解决。由于连年大旱，水窖也干了，出现了严重的水荒，政府调集车辆远道拉水定量供应。当拉水车辆到来之际，马、牛、驴等牲畜在车后急急追赶，鸟儿在空中跟随盘旋，人们在村口排队等待，这一惊人的景观被口口相传、演绎翻新到天南地北和京城边关，成为人们茶余饭后的一个凄美笑谈。记得那时我们家乡公社有一位秘书，家在本县北乡，大旱那年春节回家时，家里只有几碗水，家人全部用来给他做了两碗饭，结果由于水太少，做出的面条变成面糊糊了。他哥哥家里还有半桶水，他就在哥哥家吃了饭，然后兄弟二人一起到河里拉冰（苦咸水结成的冰，含盐量比较低，勉强可以饮用），放到水窖中解决人畜用水，总算度过了一个名副其实的苦涩春节。在我们县缺水的地方，洗脸是用碗盛水，有时就噙一口水洗洗，要洗脚就只能在下雨天或到池塘边、到小河边去洗。用脸盆洗脸太奢侈了，有人就会说：羊在山上晒不黑，猪在窝里捂不白，癞蛤蟆天天在水里泡着，也照样黑不溜秋，你有必要用那么大的盆子洗脸吗？那些地方有时一碗面换不来一碗水，讨饭的人不怕讨不上饭，就怕讨不上水，渴死途中；偷水的事也经常发生，庄户人家的大门多时是开着的，但水窖口必须用大锁锁住。

记得祖辈们说，民国十八年（1929年）陇中、关中等大片地区连年干旱，闹饥荒，野菜、草根、树皮等凡是能充饥的东西都被吃光了，处处萧条，饿殍遍地，当时的境况真正是"人吃人，狗吃狗，鸦儿老鸹（乌鸦）吃石头"，"千村薜荔人遗矢，万户萧疏鬼唱歌"，惨不忍睹。在中国历史上由于干旱闹灾荒，百姓流离失所，甚至流民揭竿而起，举旗造反，导致统治者的政权被颠覆，天下大乱，百姓遭殃，这样的例子着实不少。明朝末年，李自成起义就是由于关中、中原大旱引起的，那是一个沉痛的历史教训。

当然还有雨涝的灾害，局部的暴雨导致的山洪泥石流，大面积的暴雨导致的江河泛滥，都给国家和人民的生命财产带来极大的损害。历史上中州大地因暴雨导致的黄河泛滥，给中州百姓带来了数不尽的灾难，多少人家妻离子散、背井离乡、逃荒要饭，大江南北、长城内外、高原边关到处都落下过中州人的足迹，真是不堪回首。

记得小时候家乡下雹雨，大人就让孩子们喊，"白（念"培"音）雨到南面吃大豌豆（蚕豆）去了"，说喊一喊雹雨就过去了，就到别的地方去了。后来我从事教育行政工作，到岷县检查教育项目，才了解到岷县号称"蚕豆之乡"，几乎年年遭受雹雨灾害，给当地百姓造成了巨大损失。我说岷县的雹雨是我们家乡人喊过来的，真是不好意思，希望你们能够谅解，他们听了这个故事，都笑了起来。

人们对雨的企盼可以说由来已久，"久旱逢甘露"就像洞房花烛夜、金榜题名时一样，早已被古人列为人生"四喜"之一，特别像我这样生长在十年九旱的陇中地区的人，盼雨的情结那是流在血液里的。曾记得，一场透彻的春雨，结束了我第三次，即高中阶段的辍学，改变了我的人生轨迹。一场透彻的春雨，让背井离乡的一家人毅然返回故里，坚持把生存的希望寄托在贫瘠的土地上。一场透彻的春雨，让绝望的农人播下已违农时的种子，祈盼秋霜尽量来迟，以便得到好的收成，弥补夏粮的损失。一场透彻的春雨，让那深夜里萌生邪恶的心重新归于正常，用正当的手段和途径谋取利益。有时几个月不下雨，人们盼雨，庄稼盼雨，牲畜动物都盼雨，望眼欲穿，默默祈祷，甚至盼着一场大暴雨，就像渴急的人冒死饮鸩一样。为了得到雨，得到知时节的好雨，早在上古时期，我们的祖先就经常举行祈雨仪式，有的仪式会组成数千人的祈雨人群，伏地祈祷，甚至赤身裸体，祈求老天垂念苍生，普降甘霖，场面可谓宏伟壮观，神圣悲壮，惊天动地。古代帝王也专门设立天坛和社稷坛，年年举行神圣的仪式，皇帝太子、文武官员峨冠博带，统统出动，祭天祭地，祈求风调雨顺、土地肥沃、五谷丰登、国泰民安。一州一县，一村一寨也要年年敬神唱戏，焚香膜拜，祈求当地的神灵适时降雨，保一方平安，保一地顺利。有一出戏剧，名叫《窦娥冤》，冤死的窦娥在刑场上发过一个震惊四方的毒誓，"叫这楚州大旱三年"，控诉那罪恶的社会，意在让老天用不下雨的方式来惩罚那些丧尽天良的贪官污吏和流氓恶棍，真是字字血声声泪、惊天地泣鬼神啊！

由于雨的珍贵，雨的温情，雨的不可或缺，不论是达官贵人，文人雅士，还是平民百姓，贩夫走卒，都对雨有特殊的感情。他们有的借雨抒发感想，如杜甫的"好雨知时节，当春乃发生。随风潜入夜，润物细无声"；陆游的"小楼一夜听春雨，深巷明朝卖杏花"。有的托雨言志，如毛主席的"冷眼向洋看世界，热风吹雨洒江天"；陆游的"夜阑卧听风吹雨，铁马冰河入梦来"；苏轼的"一蓑烟雨任平生"；许浑的"山雨欲来风满楼"；顾宪成题东林书院："风声雨声读书声声声入耳，家事国事天下事事事关心"。有的借雨浇愁，如李清照在雨里充满了忧伤，寻寻觅觅，凄凄惨惨，"梧桐更兼细雨，到黄昏，点点滴滴。这次第，怎一个愁字了得"；李煜的"帘外雨潺潺，春意阑珊，罗衾不耐五更寒……流水落花春去也，天上人间"。有的以雨志悲，如杜牧的"清明时节雨纷纷，路上行人欲断魂"；司空曙的"雨中黄叶树，灯下白头人"。有的借雨抒情，如李商隐的"君问归期未有期，巴山夜雨涨秋池。何当共剪西窗烛，却话巴山夜雨时"；特别是多情诗人戴望舒，在雨天里写了一首《雨巷》："撑着油纸伞，独自/彷徨在悠长，悠长/又寂寥的雨巷/我希望逢着/一个丁香一样地/结着愁怨的姑娘……"让多少风情男女缠绵悱恻，为情所迷，为情所困，为情所伤，就连诗人自己，在短短的一生中也"丁香一样地忧愁"，"在雨中哀怨，哀怨又彷徨"，不停地苦苦寻觅那个虚无缥缈的"丁香一样地结着愁怨的姑娘"，再也走不出自我设定的樊篱。有的借雨留客，下雨天留客天，人不留天留。真可谓雨里的情怀，雨里的故事，雨里的风流，雨里的浪漫，风风雨雨，岁岁年年。

我喜欢雨，我喜欢雨的滋润，渴望雨的拥抱，依恋雨的缠绵，思念雨的甘甜，千百度地等待雨的召唤，期待着经风雨、见世面，感受大自然赋予我们的甜美甘露，"春风放胆去梳柳，夜雨瞒人来润花"。

我渴盼那雨顺风调的日子，"雨中山果落，灯下草虫鸣"；"落花人独立，微雨燕双飞"，桃李芬芳，岸柳如烟，耕牛遍地，牧歌悠扬，鸡鸣犬吠，鸟语花香，和风在耳边低唱，微笑在脸上绽放，爱在心中荡漾。

我爱阳春三月的杏花雨，淅淅沥沥，点点滴滴，红了江南，绿了塞北，带着诗的浪漫，带着梦的希冀，带着初恋情人的气息，带着儿时伙伴的情谊，溶解了心情，滋润了大地，让喧嚣的心情在绵绵细雨的浅吟低唱中安静舒展。

我爱闷热夏日的夜雨，在夜雨中对窗而立，向远方祝福；在夜雨中书写情诗，吟唐朝的云、宋朝的风，思念阳关故人；在夜雨中怀想过去，追寻漂泊的足迹；在夜雨中品茗漫谈，闲敲棋子。

我爱那"山色空蒙雨亦奇"的诗境，痴想着西子湖畔的奇遇，在香喷喷的黄粱饭中做一个美梦，让平淡的生活增加点乐趣。

我爱那久旱的甘雨，让绿色生命饱吸天地之精华，让垂杨披散头发展示风流的身姿，让小花随风摇摆楚楚动人，让焦灼的农人舒一口长气，漫一段花儿。

　　我爱那新雨后的空山原野，它以特有的温柔唤醒了熟睡中的精灵，蘑菇突然撑开地面，田鼠遥相呼应，玉米拔节作响，野花舒展开放，燕子上下翻飞，布谷放声鸣唱，处处生机盎然，处处蕴含希望，和风轻吻我的脸庞，年华在身边淙淙流淌。

　　我喜欢多情的雨滴带给我无限的遐思，在绵长细雨里感悟季节的音乐，在茫茫的雨天里听民间美丽的传说，在原汁原味的雨声中回想那点点滴滴的过去。

　　我喜欢在雨天里懒在温暖的炕上睡一个长觉，一整天理直气壮地把不想做的事统统推开，去打牌、下棋、访友、聊天、喝酒，消磨这雨天的光阴，也不管孔老夫子"孺子不可教"的批评。

　　我喜欢听雨。滴答答，淅沥沥，叮咚咚，听雨敲打窗棂，听雨敲打瓦片，听雨敲打雨伞，听雨敲打玉米的嫩叶，听雨敲打池塘的水面，听"疏雨滴梧桐，骤雨打荷叶"，轻柔、空灵、激越、欢畅。这是雨的脚步，这是雨的歌声，这是雨的琴音，这是大自然的心跳，似洒落的珠、似流泻的玉，仿佛是天籁的回音，仿佛是草木的呻吟，如泣如诉，不绝如缕，"夜来风雨声，花落知多少"。雨声最易叩响感情的门环，听雨就是听灵魂的对话，听真情的奔泻，听岁月的回响，听世事的沧桑。静听雨的诉说，是最惬意的回忆，思绪在梦境中游离，往事伴随着雨声在心底弥漫，敲打出悠长的思念，敲打出衷心的祝愿。我羡慕"少年听雨歌楼上"，红烛昏罗帐，觥筹交错，笙歌曼舞，不知愁之滋味；我难以忍受老年听雨僧庐下，苍颜白发，凄风苦雨，黄叶飘零，"雨犹如此，人何以堪"。我憧憬那"中年听雨客舟中"，感受江阔云低、山重水复、人生"在路上"的意境，体会那份漂泊沧桑的感觉，感悟人生的曲折、艰辛和充实。

我喜欢看雨。"千条线，万条线，落到河里都不见"，"一点一个雨泡儿，三天不摘草帽儿"。下雨的时节就想起留在心底的谜语和谚语，想起儿时看雨的情景。先是大大的雨滴，如铜钱，一点、两点、三四点，无数的雨珠串连成线，压制着地上的尘土，冲洗着树上和青草上的灰尘；你被笼罩在雨丝交织成的帘子里，隔着一层薄薄的纱看世界，大雨瓢泼如注，水溢满院，水面绽放着翻卷的雨花、雨泡、雨圈，开开谢谢，明明灭灭，生得灿烂，死得壮烈，让人眼花缭乱。这儿时的记忆，儿时的好奇，情景历历，往往引起童趣的皈依，也常常感叹青春转瞬的无奈，感叹昔日难再的痛惜和欲说还休的惆怅。

我喜欢看雨，看乱雨飞花，雨打芭蕉；看电闪雷鸣、朦胧灯火和沉沉的夜幕；看细雨灯花落，风雨故人归；看"空山新雨后，天气晚来秋。明月松间照，清泉石上流"；看细雨从天空斜挂下来，如一层层雨帘，划过山梁，掠过树梢，跨过农巷，"画栋朝飞南浦云，竹帘暮卷西山雨"，让人浮想联翩、无限向往；看细雨笼罩了故乡的山峦；看细雨迷乱了街市的风景；看细雨遮断了天边的驿路；看细雨模糊了丝绸古道；看群山在细雨中若隐若现；看文人墨客在细雨中悠闲信步；看天涯游子在细雨里顾盼寻觅，踽踽独行在苍茫的天际。

驿 柳

　　青江中学校长陈可东先生来信说，他已将20年前办了两期后中断的校刊《驿柳》又复刊了，并嘱予作文赞助之。看到"驿柳"二字，让我又想起四十多年前消失在驿道上的那道"左公柳"风景线，勾起被岁月掩埋的情系故土的记忆。既然母校已将校刊定名为《驿柳》，其中肯定是怀念"左公柳"，用柳的精神激励母校的学子学会生存，奋发有为，因此在这里我索性把"左公柳"也称作"驿柳"吧！说说柳，说说驿柳。

　　柳是我国被记述人工栽培最早、分布范围最广的植物之一，史前甲骨文就已出现"柳"字。柳，种类很多，常见的有垂柳、旱柳、杞柳、红柳等。柳耐寒、耐涝、耐旱，生长迅速，适应环境的能力很强，适宜在庭院、在水池溪流边生长。柳材质轻，易切削，干燥后不变形，无特殊气味，可作为建筑、坑木、箱板等用材，柳木、柳枝是很好的薪炭材，柳条可编筐、箱、帽等。柳以插条繁殖为主，在我国乡土树种中，柳的萌枝能力最为突出，随手折下一条柳枝，往地里一插，就能长出一棵树来，如诗曰"有意栽花花不发，无心插柳柳成荫"，年年插柳，处处成荫。因此家乡人对柳大都实行头木作业，即在一定高度截去树冠，促进新枝萌生，每隔几年便取枝条使用。据说柳的头木作业就是其得名之所在，"柳树"即"留树"也。柳在穷巷阡陌里留下了郁郁葱葱的诗情画意，柳为农家小院增添了遮风挡雨的屋舍和谋求生存的农具。她虽然没有松树的伟岸挺拔，也不像杨树那样正直不屈，但她的生存繁衍，她的广泛使用，她在生命舞台上的尽情表演，都使她成为人类生活中的重要元素和伙伴，地位历来十分稳固。

柳不仅易栽、实用、质朴，而且坚韧、浪漫、风情万种。她是绿衣天使，在乍暖还寒的时节，她就在门外摇响了季节的风铃，迎来了春色，迎来了春花，迎来了万物复苏，迎来了谈情说爱的男男女女。她在春风里吐绿绽芽，随风起舞，摇曳生恣。她长得俊美，生得灵动，活得清白。农人牧人喜欢她，文人诗人赞美她，离人征人情人钟情她，由此产生了许多柳诗、柳词、柳赋、柳记、柳曲等，也衍生了许多关于柳的词语，如"章台柳"、"灞桥柳"、"隋堤柳"、"折杨柳"（古《横吹曲》名，词牌名）、柳眉、柳眼、柳暗花明、桃红柳绿等等。《诗经》云："昔我往矣，杨柳依依"，可见几千年前我们的祖先就喜欢柳、赞美柳了。《乐府诗集·横吹曲辞二》云："上马不提鞭，反拗杨柳枝；下马吹横笛，愁杀行客儿。"柳枝作马鞭，潇洒走边关。唐代著名诗人李商隐《咏柳》诗："江南江北雪初消，漠漠轻黄惹嫩条。灞岸已攀行客手，楚宫先骋舞姬腰。清明带雨临官道，晚日含风拂野桥。如线如丝正牵恨，王孙归路一何遥。"这首诗把柳的风情浪漫描述得淋漓尽致。贺知章的《咏柳》诗"碧玉妆成一树高，万条垂下绿丝绦。不知细叶谁裁出？二月春风似剪刀"更是形象生动，脍炙人口。朱淑真的《生查子·元夜》"去年元夜时，花市灯如昼；月上柳梢头，人约黄昏后"，是恋人的感叹。王昌龄的《闺怨》"闺中少妇不知愁，春日凝妆上翠楼。忽见陌头杨柳色，悔教夫婿觅封侯"，这是情人的思念。柳永的"今宵酒醒何处？杨柳岸，晓风残月"，这是风流才子的浪漫。

柳的故事精彩浪漫，柳的风姿缠缠绵绵。春秋时，有个柳下惠，因爱柳而姓了柳，虽然风流倜傥，却是坐怀不乱。陶渊明特意在门前种了五棵柳，自号

"五柳先生"。欧阳修因爱柳种柳,人称"欧公柳"。文成公主在大昭寺前栽植一柳,后人名之"唐柳"。左宗棠"兴栽杨柳三千里,引得春风度玉关",那就是"左公柳"了。地处泉城(济南)中心的大明湖,湖水波光粼粼,鸢飞鱼跃,湖畔垂柳依依,花木扶疏,有诗赞曰"四面荷花三面柳,一城山色半城湖",柳把泉城装扮得诗情画意,如梦如幻。广西柳州市将柳树定为市树,唐代诗人柳宗元是柳州人最为称道的名人,柳州、柳树、柳宗元,构成了柳州的柳文化,一个"柳"字赋予多少文学内涵。杭州的湖光山色,西湖的柳浪闻莺,烟桃雨柳,让修行千年的白云仙春情荡漾,心醉情迷,演绎了一段荡气回肠、哀婉凄美的爱恨情仇。折柳送别是中国古代最浪漫的一道风景,人们把柳当做情感的寄托物和负载体,以柳寄情,以柳挽留,以柳祝愿。柳易生速长,用柳送人意味着无论漂泊何方都能枝繁叶茂;柳丝又寓意情意绵绵,永记心间;因柳与"留"谐音,送柳又有挽留之意。唐人把折柳送别更是推向一个新的高潮,送别先要唱"骊歌"也叫"阳关三叠",例如王维的《送元二使安西》;要喝酒,"劝君更进一杯酒,西出阳关无故人";还要折柳相赠,十里长亭,依依惜别,"长安陌上无穷树,惟有垂杨管别离"。在我国诗歌中，别离是很重要的主题，诗人笔下经常出现那婀娜多姿的柳条，随风飘舞的柳絮，以及笛声呜咽的《折杨柳》曲，"谁家玉笛暗飞声，散入春风满洛城。此夜曲中闻折柳，何人不起故园情"。还有那清明折柳，门前插柳，踏青扫墓，祭奠亲人的风俗，"清明不戴柳，红颜成皓首"啊。

柳的经历丰富多彩，柳的精神千古流传。柳不仅实用，她还坚韧、顽强、睿智、不势利。韦庄的《台城》："江雨霏霏江草齐，六朝如梦鸟空啼。无情最是台城柳，依旧烟笼十里堤。"六朝如梦，孤鸟空啼，一派繁华事散的凄凉景象，唯有柳不势利，说是无情却有情，依旧烟笼十里长堤，金陵依然是一派春色。柳枝柔弱，飘逸潇洒，不仅能承受外界的压力，还懂得弯曲，释放压力，适应环境，风雨之后，柳枝照样悠悠飘动，深情款款，这也是她难能可贵的生存哲学，是她的睿智。柳也是迎风抗沙的勇士。在沙漠边缘，在戈壁边关，那一排排红柳，顶着烈日，迎着狂沙，冻死迎风站，渴死不低头。那一丛丛、一团团柔柔的枝条，手挽着手，肩并着肩，心贴着心，面对险恶，面对强暴，坚守最后的防线。她身后是城市、村庄、绿洲，是红尘世界，芸芸众生。她把浮华虚名让给了奇花异草。她根长如鞭，直接水源。她虽然纤细柔弱，但勇往直前，默默无闻地保护绿色田园。生长在南方的榕树，可在树枝上生出气根，垂到地面就扎根入土，又会变成一株树干，母树连子树，蔓延不休，独木可成林，能覆盖地面数亩甚至十余亩，可谓生命力极其旺盛顽强，堪称"树木家族"中的巨无霸，但它只能在温暖湿润的南方落户，一旦来到苦寒沙漠的塞外，就无法生存，怎能与渺小的红柳相比呢？还有那"左公柳"，东起华岳，经过我们的家乡，跨越祁连，西达伊吾。她独立面对滚滚黄沙掩埋的辉煌古国，和"古来征战几人回"的戈壁大漠。她目睹了剥蚀的烽台，残破的驿道，荒凉的古城。那一排排杨柳，就像蓄势待发的战士，在静静等待生命冲锋的号角，在胡马北风中激励着西征壮士"八千里路云和月"的跋涉。她把春风带到了玉门关，把绿色送上了天山，她是漂泊者的一个个驿站，把温暖留在人们心间。

朴实无华的柳，风情万种的柳，迎风抗沙的柳。她被诗歌和鲜花拥戴，被清风和梦幻缠绕，被农人牧人妙用。她在风沙之中甘当卫士；她在江南水乡营造美景；她在万花丛中甘当绿叶；她在花街柳巷演绎风流；她在铁马军营酝酿谋略，"柳营春试马，虎帐夜谈兵"。"沾衣欲湿杏花雨，吹面不寒杨柳风"，王侯将相爱柳，才子佳人爱柳，贩夫走卒芸芸众生都爱柳。

驿柳，我心中的驿站，母校学子心中的驿站，陪伴我们走过了岁岁年年。你是无边无垠的旷野上高高低低的风铃，你是丝绸古道上的一道最亮丽的风景线，你是游子回归故里的路标，你是我牢牢守望的精神家园。你被岁月尘封，你被风沙剥蚀，你被尘埃掩蔽，你更是被人类连根拔起，被愚昧肢解，被贪婪掠夺，被欲火焚烧。当你倒下，宇宙降落灵旗，远山默哀，近水呜咽。那一棵棵斑驳沧桑的躯体，至今在记忆中残留，梦里依稀，就像一幅悲天悯人的童话，萦绕心头。

母校在驿站育人，母校在驿站坚守。母校的学子在驿道上看遍了春花秋月不同的风景，营造了细雨飞雪的心情。母校与驿柳结下了不解之缘，母校和驿柳让浪迹天涯的游子迷恋故乡，思念家园。母校以《驿柳》做刊名，期望她的学子怀念驿柳，保护生态，学会生存，勇于创造，铸造坚韧，追求崇高，懂得浪漫，实现理想，演绎神奇的故事，创造精彩的生活，为国家，为民族，为家乡父老，做出成绩，做出贡献。

2012年4月

看《水浒传》说阳谷

　　近日看新版《水浒传》，为潘金莲倾国倾城之貌而倾倒，为武松的威猛、冷酷而折服，为西门庆的贪婪、淫邪而愤慨，为武大郎的懦弱、可怜而叹息。小小的一个阳谷县，由一个开生药铺的商人，一个当县衙都头的武人，一个居家过日子的女人，一个茶铺的媒婆子，一个卖炊饼的矮子，演绎出一段惊心动魄、风流情杀的故事，成就了两部名著——《金瓶梅》和《水浒传》。从此之后，阳谷县便成了全国知名度最高的县之一；从此之后，阳谷县再也没有发生过什么惊天动地的故事了。可时隔九百年之后，阳谷县人借得陇右天河之水的滋润，在陇上名城天水市演出了一场高考移民替考的大戏，其组织之严密、谋划之精妙、手段之高超让人叹为观止；大小媒体趋之若鹜，反复炒作，唯恐天下不乱，让世人对阳谷县再一次刮目相看、侧目而视。电视剧《水浒传》和天水高考移民替考大戏，轮番登台，阳谷县的知名度再一次直线上升，举世闻名。让天水人提起阳谷县就想起九百年前发生在阳谷县的那一段腥风血雨的故事；让甘肃人乃至全国人都不得不赞叹山东人移民的传统和勇气。我作为甘肃省招生办主任，在经历了汶川大地震的抢险救灾，组织了两次高考，对移民替考事件最为刻骨铭心，记忆犹新，至今心潮难平啊。

2008年是一个不堪回首的年份。在我们精心准备高考工作，检查高考场地，检查保密措施，组织印制高考试卷期间，震惊中外的"5·12汶川大地震"发生了，山崩地裂，墙倒楼塌，数以万计的人命丧黄泉，数以百万计的人无家可归，数以百计的县成为重灾区。一方有难八方支援，举国上下一起行动，齐心协力，捐款捐物，抢险救灾，救死扶伤，痛悼罹难同胞，重建新的家园。我们省、市、县招生部门积极行动，救灾备考，陇南、甘南两个受灾最严重的市州、17个县实行延期高考。在省委省政府和教育部的领导和支持下，我们成功地组织了两次高考、两次阅卷、分批划线、分批录取工作。让延考区的考生得到了很大实惠，让非延考区的考生不仅没有吃亏、同时也得到了明显的好处，尽量多地录取考生，使我省的高考录取率有了明显的提高。领导满意、考生满意、社会满意。由于陇南、甘南两个受灾最严重的市州实行延期高考，非延考区中天水市便是受灾最严重的地区，也是面临频繁余震、高考任务最艰巨的地区，许多原定考场出现隐患，所有楼房、平房考场都要经过严格检测鉴定才能确定为高考考场。天水市为了在预防余震中组织好高考，动员全社会的力量，检测房屋，搭建帐篷，演练防震疏散，完善安全保密措施。在正式高考的前一天晚上，天水市招生办的同仁还在搭建帐篷、准备备用考场。就在大家尽心尽力地防灾救灾、确保高考万无一失的情况下，阳谷县和天水的一些不法分子以极其阴暗的心理和卑鄙的手段，东西勾结、上下联手，预谋了一起高考移民替考大案，数十名移民考生进入天水考场，十多名枪手又代替移民考生参加考试，他们策划得非常精妙，居心极为险恶。事发之后，天水市委、政府等有关部门果断查处，将移民考生和替考者统统查办，取消考试资格和成绩，并对有关人员进行了严肃处理，该追究刑事责任的追究刑事责任，该开除的开除，该处分的处分。教育部的有关领导认为，甘肃省天水市严肃查处高考违纪问题，维护了高考的严肃性，维护了高考的规则，维护了高考的声誉，应该充分肯定和赞扬。值得欣慰的是，甘肃省省、市、县三级招生部门的人员没有一人参与此案，没有一人因渎职而被追究刑事责任，经受住了考验，表明了这支招生队伍的过硬素质和良好作风。而阳谷县的有关方面，出于地方保护的心理，配合不积极，查处不得力，甚至通风报信、千方百计地阻挠天水办案调查人员寻找阳谷县的有关涉案人员，使调查取证无法进行。事件的结果是，积极查处高考违纪问题的天水市处分了30多名责任人，多名人员被追究刑事责任并开除公职，而制造案件的阳谷县基本上是风平浪静，不了了之，姑息迁就了不少涉案人员。让人感到极为不平的是，由于此事不断被媒体炒作，不断引起社会关注，因此当年这起高考移民替考案在全国被列为十大新闻之一，甘肃省的领导不高兴，天水市的领导不高兴，给甘肃省、天水市的高考造成了不良影响，甚至是抹了黑。每想起此事，我心中难免隐隐作痛，每看到电视剧《水浒传》中发生在阳谷县的故事，我就不停地想：这相隔900年、让阳谷县声名大振的两件事，有没有因果关系？有没有相同的基因？有没有一脉相承的地方？

理智地说这两件事应该没有任何因果关系。据后人的一种猜测说，写《金瓶梅》的人是明朝嘉靖时期的一个学者，名叫王世贞，父亲被当朝权臣严嵩父子害死了，《金瓶梅》中西门庆的原型就是严嵩的儿子——严世蕃。至于为什么把这样一个并不光彩的故事放到阳谷县，是不是阳谷县早年就有这样的故事或者传说，本人没有研究过，不得而知。据说景阳冈有一"武松打虎处"石碑为南宋时期所立，也许这个发生在阳谷县的故事并不是空穴来风，不是小说家凭空杜撰。在《金瓶梅》一书中，西门庆、潘金莲通奸并害死武大郎后，武松回来因误杀公门中人被发配远方；西门庆是因纵欲过度、淫乱而死，并不是武松斗杀的。潘金莲是在西门庆死后被吴月娘卖入娼门，武松发配回来后把她杀死的。很显然，作者通过这个故事，目的在于反映当时社会的黑暗，黑恶势力的强大，权钱交易，贿赂公行，正义、公理难以伸张，杀人越货得不到惩罚，好人、老实人没有活路。《水浒传》对这个故事的描写，迎合了世俗中人的观念和愿望，恶有恶报，血债血偿，快意恩仇。两部书中的武松都是正义的化身，路见不平、拔刀相向，有恩报恩、有冤报冤，直截了当，不欠情、不欠账。西门庆就是黑恶势力的代表，一个开生药铺的破落户财主、一个生意人，竟然被人人称作大官人。他就是用金钱结交官府，用金钱开路，用金钱作恶，想干什么就干什么，为所欲为，淫乱无度。

不论是小说《金瓶梅》《水浒传》，还是旧版电视剧《水浒传》，都是伸张正义，鞭挞邪恶，杀人要偿命，欠债要还钱。不管你西门庆有多大的势力，不管你潘金莲有多么美貌，同样要付出偿命的代价。武大郎虽然弱小、可怜，生活在社会的最底层，但他诚实、忠厚、善良、勇敢，敢于挑战强暴，维护一个男人的起码尊严。但是新版电视剧《水浒传》让人总觉得有点变异的味道。虽然没有赤裸裸地为西门庆翻案，但美化潘金莲、丑化武大郎的意图却是十分明显。潘金莲长得非常美丽，在《金瓶梅》《水浒传》和电视剧中都是如此。在《水浒传》一书中，说潘金莲"眉似初春柳叶，常含着雨恨云愁；脸如三月桃花，暗藏着风情月意。玉貌妖娆花解语，芳容窈窕玉生香"。虽然如此，《水浒传》中也写得明白；"这婆娘倒诸般好，为头的爱偷汉子……若遇风流清子弟，等闲云雨便偷期"。《金瓶梅》也把潘金莲描写为天下第一淫妇，是一个欲火燃烧起来不可遏制的超级荡妇，"从头看到脚，风流往下跑，从脚看到头，风流往上流"。西门庆就是这个女人给偷偷吃了加倍的春药，纵欲过度而死。而新版电视剧《水浒传》则着意表现潘金莲的美丽、无辜和被迫，精心挑选了清纯靓丽，天真可爱的甘婷婷扮演潘金莲。新版电视剧《水浒传》把武松杀嫂演成了嫂子自杀，表现了潘金莲的知罪过、知廉耻,自我了断,自我救赎。让人无限怜惜、叹惜、爱惜潘金莲这个人物,而不是谴责、鞭挞、唾弃这样的人物。而把武大郎却刻画成了一个既猥琐、又贪色、特恶心的角色,正应了那句"可怜之人必有可恨之处"的话,让人觉得武大郎就是摧残美、糟蹋美、禁锢美的魔鬼,就该死。在新版电视剧《水浒传》中正直善良和邪恶有被颠倒了的感觉。潘金莲虽然长得很漂亮,但她是邪恶的代表,邪恶就是对美最大的伤害,如果她是一朵花的话那也是罂粟花、狼毒花。

　　故事发生之地的阳谷县人并没有为西门庆这样的人物翻案,也没有像新版电视剧《水浒传》那样为潘金莲涂脂抹粉、美画形象。我没有去过阳谷县,不知道阳谷县有没有什么西门庆药店、潘金莲酒楼之类的商业机构,或者潘金莲胸罩、西门庆睡衣等商品,也没有见过以西门庆、潘金莲名字命名的其他商品和旅游纪念品。但我从有关资料上看到,阳谷县把景阳冈列为著名景点,大力唱响"武松故乡"的文化品牌,2008年阳谷县还被山东省旅游局命名为"武松传奇,英雄故里"旅游区;阳谷县的"武大郎炊饼"已经走遍了全国各地,武大郎在阳谷县人眼里仍然是个老实忠厚的形象。可见阳谷县人仍然崇尚正义、弘扬高尚的社会公德，谴责邪恶、拒绝邪恶，不会容忍邪恶的。对西门庆、潘金莲这样的通奸杀人者阳谷人不会同情、不会怜悯、不会叫屈，对作奸犯科的不法之徒也不会姑息迁就、不会无原则地保护。

阳谷县在历史上也出过勇猛、智慧、正义的名士、名将。战国时期齐国的杰出军事家孙膑就是阳谷县人，他的智谋、事迹国人耳熟能详。三国时期曹操的谋士程昱也是阳谷县人，他帮助曹操和曹丕实现了曹氏的霸业，自己也博得了封妻荫子的殊荣。后梁杰出将领王彦章也是阳谷县人，号称"王铁枪"，勇冠三军，攻无不克、战无不胜，为后梁政权的建立立下了汗马功劳。阳谷县还有"关圣铁马"、"盟台遗响"等名胜古迹，诉说着阳谷的悠久历史和灿烂文化。阳谷县还涌现过如杨耕心等抗日义士和革命烈士，阳谷县人为中华民族抵御外侮、为中华民族的独立解放做出过不可磨灭的贡献。可见阳谷县也是有光荣传统的县，阳谷县的人民也是勤劳、勇敢、正直、崇高的人民，阳谷县的主流社会也是崇尚文明、维护正义、民风淳厚、健康有序、积极向上的清明社会。

在这样一个有正义传统的县，发生有组织、有预谋的天水高考移民替考案，绝不是阳谷县的大多数人所为，而是极少数人的犯罪活动。但这样公然挑战国家规则、践踏社会公平正义的行为，为什么有那么多人同情、掩护、隐藏？为什么官方的公务人员也要搞地方保护、百般遮掩、大事化小、小事化了呢？这样的事为什么在阳谷县得不到公众的一致谴责呢？阳谷县的教育行政部门为什么也要千方百计地保护这些公然践踏国家教育法规的人呢？西门庆、潘金莲通奸杀人没有得到及时查处和破坏国家规则受到保护，有没有相似之处呢？如果真有相似之处，那一定是这个地方的社会本身存在着很大的缺陷，存在着集体性的漠视，存在着思维误区、公德误区和道义误区，这种不健康的状态一定会影响这个小社会的进步，影响道德判断，影响普世价值的确立，影响文明的进程。

教育就是教人做人、教人做事、教人诚信、教人文明的神圣事业。教育考试，特别是国家考试，就是检验教育效果，评价教育行为和教育方法，选拔优秀人才的最有效手段。校规校纪维护着学校的考试制度，国法政纪维护着国家考试的制度。自从有了教育就有了考试，在没有建立国家教育体系的时候就有了国家教育考试制度。中国的科举制度实行一千多年，为中国历朝历代选拔了许许多多的杰出人才，对稳定政权、推动社会进步发挥了非常重要的作用，连西方发达国家也极为看重这一考试制度。中国自古以来就非常重视考试制度的建立和完善，用道德礼义来倡导考试诚信，用严刑峻法来维护考试制度。"文革"期间践踏教育考试制度，树立"白卷"英雄，给我国的教育事业带来了灾难性的后果，给我国的人才培养和社会发展造成了重大损失，至今让世人痛心疾首。改革开放以来，随着我国教育事业的快速发展，教育考试制度也在不断完善、不断成熟。教育部门研究考试规则，政府组织制定考试规则，教师学生执行考试规则，社会各界维护考试规则，分数面前人人平等已成共识。特别是一年一度的高等学校招生考试，已经成为社会公认的最公平的事业之一，是当今"公信度"最高的政府行为。如今在我们国家除了法定的节假日外，只有普通高考被雷打不动地确定在每年的6月7日至8日进行，表明普通高考不仅是教育考试活动，更是国家行为、政治行为，是神圣不可侵犯的正义事业。有组织、有预谋、不择手段地进行高考移民、替考作弊，就是明目张胆地破坏国家法规，践踏国家的正义事业，冲击社会最公平的事业，践踏社会公德，触动社会最敏感的神经末梢，与社会文明对抗。作为一个法治社会、德治社会，其主流群体就应该有是非之心，"对的就去做、错的就不做，善的就去扶、恶的就去打"；就应该有道义意识、公德意识，弘扬高尚情操、文明行为和健康文化。地方保护是普世价值的荒漠，是错误的惯性。出于地方保护的认识和理由，保护、掩护破坏国家法规的人，就是保护丑恶、保护邪恶，保护西门庆、潘金莲，知情者和同谋者都是同犯，都应该受到良心的拷问、道义的谴责、法律的制裁。教育行政部门的职责就是守护教育领域的法律法规，更应该是不能容忍破坏、践踏教育法规的部门。如果教育行政部门也出于地方保护的理由而保护邪恶，那就是监守自盗，就是教育的失败，就是教育本身道德的缺失，最终会葬送教育事业本身。

900年前发生在阳谷县的故事，是兰陵笑笑生和施耐庵写在小说中的故事，阳谷县人没有否认、没有拒绝这个故事，同时还宣传唱响着"武松故乡"的美名。900年后阳谷人在天水制造的故事，不是小说家写出来的故事，不是口耳相传的逸闻趣事，而是一个实实在在的有地点、有时间、有人物、有具体情结的真实故事。这个故事不是一个忠孝节义的故事，不是一段英勇传奇的故事，不是一个可歌可泣的故事，不是一段救亡曲、也不是一段英雄传。我本人作为省级招生部门具体组织普通高考的一名责任人，一直想不明白，阳谷人为什么要选择天水这个地方制造这个故事。若要讲优质的招生计划资源，首当其冲的应该选择北京、上海；要讲最好的地方，当然应该选择江浙的苏锡常和杭嘉湖；要说边远地区，应该选择内蒙古的呼伦贝尔、鄂尔多斯和巴彦淖尔，选择云南的西双版纳和香格里拉，选择新疆的库尔勒、吐鲁番和克拉玛依。也许是天河的水吸引了阳谷人，滋生了这形形色色的手段；也许是伏羲文化招来了阳谷人，用八卦卜得了"上上大吉"；也许是天水的门户没有扎紧，"圣贤"起了盗心，也许什么因素都没有，就是阳谷的一粒有野心、有邪心的种子被东海岸边的疾风吹到天水这个地方、这块土壤，生了根、开了花、结了果，创造了一个新闻。900年前发生在阳谷的可能不是真实的故事被不断传扬，而且还会不间断地继续传扬下去；四年前发生在天水的阳谷人的故事，可能已经被许许多多的人遗忘了，天水人可能要忘记了，阳谷人也要忘记了，当时不遗余力地刻意炒作的人也可能忘记了，历史也可能要忘记了，但我看电视剧突然又想起来了。这是一个挥之不去的心结。我一边轻轻地抚慰着当年被灼伤的记忆，一边索性把这个故事记下来、写下来，记在纸页上，记在电脑和大脑的硬盘里。

2012年8月

读诗写诗的体会

　　"白日依山尽，黄河入海流。欲穷千里目，更上一层楼。"（王之涣）"明月出天山，苍茫云海间。长风几万里，吹度玉门关。"（李白）"空山新雨后，天气晚来秋。明月松间照，清泉石上流。"（王维）"黄河远上白云间，一片孤城万仞山。羌笛何须怨杨柳，春风不度玉门关。"（王之涣）"月落乌啼霜满天，江枫渔火对愁眠。姑苏城外寒山寺，夜半钟声到客船。"（张继）"身无彩凤双飞翼，心有灵犀一点通。"（李商隐）"劝君更进一杯酒，西出阳关无故人。"（王维）这就是唐诗，千百年来，人们总是把一个朝代的名字——"唐"，和一种文学体裁——"诗"，紧密地联结在一起，形成了一个专用名词——"唐诗"。这就是唐朝的格律诗。这就是唐朝的风，这就是唐朝的云，这就是唐朝的歌，这就是唐朝的"阳关三叠"，这就是唐朝的气度，这就是唐朝的胸怀，这就是唐朝的风流，这就是唐朝的情怀。那种清雅纯粹，那种美轮美奂，那种风雅浪漫，让人浮想联翩，让人荡气回肠，让人意气风发，让人豪情满怀。

我喜欢唐诗，也喜欢宋词，背诵了许多诗词名篇，欣赏过许多诗词作品，为诗中的故事感动，为诗人的气质感动，为诗的浪漫感动，为诗的表现手法感动，为诗的声韵美、节奏美感动。因为喜欢，因为欣赏，因为感动，我也模仿古人、今人，吟诗、写词，更多的是用五言、七言格律诗的形式，表达自己的感情，表达自己的好恶，表达自己的想法，记录自己的经历，记录漫漫人生路上的故事和酸甜苦辣的感觉。

我喜欢诗，始于上世纪七十年代初期，那还是"文革"期间，报纸上经常刊登"批林批孔"的文章，批判儒家，赞美法家，赞美革新人物，将唐代诗人刘禹锡作为革新代表予以介绍，并将刘禹锡的诗也一并进行介绍，因此我就读了不少刘禹锡的诗作。从此以后，我就对诗发生了浓厚的兴趣，喜欢上了唐诗，喜欢上了五言和七言格律诗，并且跃跃欲试地学作五言诗和七言诗。记得我学写的第一首诗是一首五言诗，只有四句，表达了两层意思，一层是错误地爱上了一个女孩子，爱得那样痴迷、刻骨铭心，那也是我的初恋；第二层是表达如何能够走出生我养我的那块"一方水土难养一方人"的穷乡僻壤，找一块能够解决温饱、有一定发展前途的地方，打点自己的生活，安顿自己的人生。记得诗的第二句是"娥眉诱我心"，就是说一个女孩子吸引了我；诗的最后一句是"双喜望平生"，就是期望实现这两个愿望。可以看出这首诗真是很幼稚、很浅薄。当时我觉得这两句诗比较顺口，现在看这两句诗还比较符合格律诗的一些章法。后来，这首诗的两个愿望也算实现了一个，走出了那个山寒水瘦的穷村子，走上了一个不错的发展平台，也算谋了一个饭碗、谋了一份事业、谋了一个前途。至于爱上的那个女孩子嘛，等到我大学毕业之后，已经成了别人的媳妇，只有"隔千里兮共明月"了。在省级教育行政部门工作之后，经常要下乡、出差，调查研究，检查工作，到过许多地方，经了许多事，听了许多新闻，见了不少世面。有名胜古迹，有新奇人物，有民俗方言，有民间传说，有时令特产，有不同的山川气候，风花雪月各有特色，飞禽走兽各有意趣，人物故事各有千秋，都是新鲜事物，都有新的感觉，对我也有不同的启示。于是就以五言、七言诗的形式记录这些经历，记录当时的体会和感觉，记录给自己的启示，就当做笔记。

在用五言、七言诗做笔记的过程中，我也看过一些写诗的规矩和要求，知道唐代以后流行的五言、七言诗，就是近体格律诗，是诗的主流形式。近体诗就是格律诗，有四言诗、五言诗、七言诗。唐代以后，四言诗很少见了，所以在一般诗集里，只有五言和七言两种。要写格律诗，就要认识格律诗的特征，掌握它的一些基本规则。"韵"、"声"、"粘"、"对"是格律诗的四要素，缺一不可，还有不允许出现"孤平"、"三平调"、"三仄尾"等等。看到这些写格律诗的规则，我就觉得写格律诗实在是太难了，严重打击了我写五言、七言诗做笔记的信心，从感情上就比较排斥这些清规戒律，我的老师（化学教授）送我一本他自己编著的介绍诗词写作基础的书，我也束之高阁。后来看到书上说，写诗也可以不讲究格律，可以写"古体诗"，如"歌行体"、"柏梁体"等。古体诗不讲究格律，不讲究平仄，不讲究相粘，也不讲究对仗，押韵也有明显不同，既可押平声韵，也可押仄声韵，晋代大诗人陶渊明的诗都是古体诗，没有什么格律限制，他的诗也同样很有名气，千古流传。唐人也写了许多古体诗，如李白的《将进酒》《长干行》《蜀道难》，李绅的《悯农》，杜甫的《石壕吏》《望岳》，孟郊的《游子吟》，白居易的《琵琶行》《长恨歌》等。看到这些介绍，我好像捞到了救命稻草、找到了理论依据。我写不了条条框框限制的格律诗，我就写一些古体诗、写歌行体，不受任何限制，想怎么写就怎么写，信马由缰，自由自在，多么惬意。

2007年是恢复高考三十年，我作为甘肃省招生办公室主任，准备组织纪念活动，对三十年的普通高考进行了回顾，阅览了不少关于高考沿革的资料，了解了许多高考的故事和激荡人心的片段，也感受了高考产生的力量。自己虽然不是恢复高考后上的大学，但对当年党中央和国务院及时恢复高考的英明决策和高考在当今及历史上产生的深远影响，感同身受，激情涌动，为自己能组织当前社会公信度很高的事业而豪情满怀。为此，我写了一篇《高考三十年畅想》散文诗，抒发了自己的感想，赞美了高考的重大意义、深远影响和现实作用，歌颂了高考组织者的辛勤工作和无私奉献的精神以及经受的酸甜苦辣种种考验。当年八月，普通高考录取结束的时候，我在录取小结会上朗读了我写的《高考三十年畅想》这首散文诗，作为小结致辞，博得了许多同事、同仁的赞赏和认同，该诗发表在《甘肃日报》上，也得到了许多朋友的肯定，特别是多年从事高考组织工作的同志，觉得说出了他们的心声和苦衷。

2009年，我翻看自己多年来所写的诗作笔记，并回顾了我的工作生涯，发现诗作笔记已有两百多首，记录的都是自己生活的足迹，记录了山河的美好、盛世的繁华，记录了历史的生动故事和精彩演进，记录了工作的体会和感悟等，有些诗作自己觉得还不错，如《早年回忆》《陇原胜迹》和《高考三十年畅想》等，因此就动了结集出版的念头。

在编辑整理自己诗作笔记的过程中，我反复诵读和体会自己的诗作，并对照别人的作品，总觉得自己的诗作缺乏那种文采华丽、抑扬顿挫、音韵铿锵的美感，就是五言、七言形式的笔记，不入诗流，不入行家法眼。经过反复思考体会，觉得自己的作品最大的毛病就是全然不讲诗的章法和规矩，没有平仄，没有相粘，没有对仗，没有典故，缺乏想象，没有沿着格律诗的路子去学习，去练习作诗，即使再写多少年，仍然是一个外行，仍然是一个门外汉。为此，在编辑过程中，我尝试着用格律诗的规则，写了一些五言诗和七言诗，觉得有了一点味道。

2011年，我出版了自己的第二部作品《心河》，收录了自己两年多时间写的一百多首五言诗和七言诗，还有二十多篇随笔散文。其中的诗作我尽力按格律诗的要求创作，声韵主要依据现代汉语，该粘的地方要讲究相粘，需要对仗的地方尽量对仗，不能工对也要努力宽对，至少要有点对仗的感觉。按照格律诗的要求创作的诗，尽管还有不少毛病，如出韵的问题，失粘的问题，拗口的问题，缺乏形象思维的问题，特别是诗的对仗连自己都很不满意。但自己觉得还是有了一些诗的味道，有了一些节奏、韵律的感觉。我的朋友，要好的同事、同仁，对拙作《心河》一书也有不少赞词，有的说散文写得好，有的说诗写得不错，有的说序言写得好、值得一读。不过赞美常常是无本的生意，你不与人家抢饭碗，不与人家争文学地位，不与人家争政府津贴，不与人家争高级职称、升工资、加补助等荣誉和利益，人家犯不着跟你较真，刻意挑你的毛病、找你的不足，因此是当不得真的，只能当做朋友、同事、同仁善意的鼓励，美好的祝愿。但我自己觉得，用格律诗的规则写诗，自己的写诗水平在进步，写诗的能力在提高，对诗的认识也在提升，对诗的欣赏水平也在提高；对发表在报纸杂志上的诗作，也能品出高低。对那些诗词学会的行家写出的格律诗，就觉得好、觉得美。美好就表现在意境高远、平仄调协、音韵铿锵、抑扬顿挫、文采华丽、对仗工整，充分体现了形象思维的成果。而一些政府官员写出的格律形式的诗，就觉得生硬、拗口、平淡，缺乏那种对偶、错综的美感，口语式、标语口号式的语言过多，谈不上什么形象思维和高超的表现手法。归根结底，主要原因还是没有按照格律诗的规则、要求写诗，没有掌握写诗的基本常识，没有入格律诗的门。

古老的中国是一个诗的国家，孔子曰："不学《诗》，无以言。"从《诗经》开始，四言诗、五言诗、七言诗不断发展完善，到唐代以五言和七言为代表的诗达到了一个空前绝后的水平，也是诗的最高峰，至今无法企及。当然后来的宋词、元曲以及"五四运动"以来的自由诗，也都达到过新的文学体裁的高峰。格律诗是根据汉语、汉字的特点与诗歌的特殊要求而产生的，是中华民族的艺术创造，是中华民族的文化瑰宝，是中华民族对人类社会做出的值得骄傲的贡献。五言、七言形式的格律诗，唐诗就是顶峰，至今仍是我国诗坛的重要诗体和主流形式。唐诗以生动的语言，美妙的声韵，高远的意境，浪漫的情调，以高超的现实主义和浪漫主义手法，以瑰丽驰骋的艺术想象塑造人物、事物形象，力求诗歌呈现出对偶美、匀称美、声韵美、错综美，表达了丰富的思想感情，具有强大的生命力，受到人们的喜爱。唐诗的形成，是《诗经》出现以来，逐步继承、创新和发展的结果，是多民族文化融合的产物，更是盛唐的繁荣、气象、胸怀和文化大发展的结晶。唐人为五言、七言诗设立了规矩。因此，唐代以来，五言、七言诗体就是唐人设立的诗体，即现在流行的近体诗。如果你要用五言、七言形式写诗，你就躲不开近体诗规则的衡量和评判。你可以写古体诗，但是你将五言八句（五律诗体）和五言四句（五绝诗体）、七言八句（七律诗体）和七言四句（七绝诗体）的诗体，总是写成古体诗，而不能写一首格律诗，你可能永远不会成为一名真正的诗人。唐人及唐代以后的人也写过不少古体诗，但大多是比较长的叙事诗和抒情诗，如李白的《梦游天姥吟留别》《蜀道难》，白居易的《琵琶行》《长恨歌》，杜甫的《兵车行》等。用七律、五律和七绝、五绝形式创作的古体诗，大多是诗的意境非常好，难以顾及格律要求，如崔颢的《黄鹤楼》、李白的《静夜思》、李绅的《悯农》、杜甫的《望岳》、孟郊的《游子吟》、孟浩然的《春眠》等。但这些诗人更是写作格律诗的高手，创作了许多意境美丽、想象丰富、章法严谨的格律诗篇，让后代的达官显贵、文人雅士、贩夫走卒都吟诵不断，千古流传。

毛泽东是一位开天辟地、继往开来、雄才大略的领袖人物。毛泽东的诗词意境高远、大气磅礴，具有高度的思想性、强烈的战斗性和完美的艺术性，具有高度的形象思维手法。他的《沁园春·雪》如闪电划破黑暗的夜空，曾震动了国统区，显示了一代伟人的王者霸气，"惜秦皇汉武，略输文采；唐宗宋祖，稍逊风骚。一代天骄，成吉思汗，只识弯弓射大雕。俱往矣，数风流人物还看今朝"。这首千古绝唱在重庆发表之后，蒋介石恼羞成怒，试图组织御用文人写出更好、更有气势的诗词，超过毛主席的作品，为自己鼓气壮势，结果无人企及，悄悄收场，留下了一个历史笑柄。毛泽东二十多岁作的《沁园春·长沙》，已是"指点江山，激扬文字，粪土当年万户侯"了，敢"问苍茫大地，谁主沉浮"。一生无所畏惧的毛主席，敢把"不须放屁"写到诗词里，可以说前无古人、后无来者。他在理论上不赞成写旧体诗，特别不赞成在青年中提倡。但他正式发表的诗词，都非常讲究格律，没有越雷池一步。如果毛主席在重庆不顾一切、目空一切，不管不顾格律规则，不要平仄押韵，写一通大话，那就不堪一击，必然贻笑世人，就如北洋军阀张宗昌发表的诗"大炮开兮轰他娘"一样。

　　我本人是一个十分喜爱唐诗的人，也喜欢写五言和七言近体诗。但我仍然写不好，我乐意不断努力勤奋学习、深入钻研、不断练习、逐步提高、不断进步。我认为，要想写好近体诗，就要按照格律诗的规矩和要求去写，这是写作五言诗和七言诗的正路子。

首先，写诗要讲押韵。诗，从一开始出现，第一个特征就是押韵。用韵的目的就在于：读起来顺口，听起来顺耳，记起来顺心，用起来顺手，如《诗经》里的《蒹葭》："蒹葭苍苍，白露为霜。所谓伊人，在水一方。"还有《关雎》："关关雎鸠，在河之洲。窈窕淑女，君子好逑。"都是讲究押韵的。还有古体诗、乐府诗，如《木兰辞》《孔雀东南飞》等，唐诗，宋词，元曲，直到近代的自由诗，以及民间流行的儿歌、民歌、民谣、戏曲等都是讲究押韵的，没有押韵就不能称其为诗了。可以说中华诗词美就美在有韵。如今的自由诗，不讲押韵了，缺少了诗的基本要素，已经与散文没有多大区别了。但如要写五言、七言绝句或五言、七言律诗，首句起韵或不起韵，都可以，但双句必须押韵尾，我认为这是写诗最基本的要求。

第二，五言、七言律诗和绝句形式（即五言八句和四句、七言八句和四句）的诗，一定要讲平仄，或者说要尽量讲究平仄。汉语有声调之分，高低长短的声调，可产生抑扬顿挫的效果。平声，读时声音强而长，给人以悠长舒缓的感觉；仄声，即不平也，读时声音短促而弱。平仄就是汉语中的声调，在诗词中能形成节奏美、旋律美。犹如唱戏，声调的高低谓之抑扬；唱腔有缓急，唱到关键处，作小停顿，才能摇曳生姿，就有抑扬顿挫的感觉。诗文中的止息停顿之处就是顿挫，顿挫对于行文作诗十分重要，可以加强诗文气势，增强艺术感染力，富有含蓄蕴藉之美。七言、五言律诗和绝句的平仄，各有平起式和仄起式两种，诗词写作书上都有详细具体的介绍，认真研究、领会和练习就能逐步掌握和运用。律诗和绝句的平仄，主要强调诗的节奏点，七言诗的节奏点在二、四、六字上，五言诗在二、四字上。因此古人提出了一个变格口诀："一三五不论，二四六分明"，意思就是说，在七字句中，第一、三、五字的平仄可以不拘，第二、四、六字的平仄必须清楚分明。在五字句中，就是"一三不论，二四分明"。当然，上述口诀是在不出现"孤平"、"三平调"、"三仄尾"的前提下才能适用。

第三，七言、五言律诗和绝句都要讲究粘，才能体现格律诗的错综美。律诗和绝句的粘，就是同声相粘，即平粘平，仄粘仄。后联出句的第一韵步，必须与前联对句的第一韵步平仄相同，尤其是其中第二字，马虎不得，否则就是失粘。再具体一点说，律诗就要使第三句跟第二句相粘，第五句跟第四句相粘，第七句跟第六句相粘；绝句就要使第三句跟第二句相粘。

第四，律诗要有对仗。如七律和五律，中间的两联，即第三句与第四句、第五句与第六句必须对仗。律诗的对仗，是很讲究的。对仗既要声对，又要意对。每联出句（上句）与对句（下句）字数要相等，平仄要相反，音步（指词或词组间因语音拖长而形成的间隔）要相同，词性要相同或相近，同义词不能对仗。对仗有工对，有邻对，有宽对，有借对，有反对，有流水对，有错综对，有扇面对，还有叠字对等。我认为律诗的对仗，要求相当高，难度也比较大，要做好实属不易。古人自小就练习对联对仗，非常善于作对联，如明朝的大学士解缙和清朝的大学士纪晓岚，都是对联高手，在诗坛流传不少佳话。古代文人见面往往会出联设对，测试你的学问和诗才能力。因此古人在作律诗的时候，对仗能力都比较强，诗的对仗也非常精彩，如王维的"大漠孤烟直，长河落日圆"；王勃的"海内存知己，天涯若比邻"；杜甫的"白日放歌须纵酒，青春作伴好还乡"，"无边落木萧萧下，不尽长江滚滚来"；李白的"浮云游子意，落日故人情"；陆游的"楼船夜雪瓜州渡，铁马秋风大散关"，"山重水复疑无路，柳暗花明又一村"；刘禹锡的"沉舟侧畔千帆过，病树前头万木春"；李商隐的"春蚕到死丝方尽，蜡炬成灰泪始干"，"沧海月明珠有泪，蓝田日暖玉生烟"；柳宗元的"惊风乱飐芙蓉水，密雨斜侵薜荔墙"，"岭树重遮千里目，江流曲似九回肠"等等，都是脍炙人口、千古流传的名句。现代人不善于写对联，连春联都越写越差，大部分都是字数相同的两句话，意对差强人意，声对几乎谈不上。因此现代人律诗的对仗都作得很一般，精彩的律诗也比较少。但也有对得很好的，如毛主席的律诗对仗都很精彩、大气，如"五岭逶迤腾细浪，乌蒙磅礴走泥丸"，"冷眼向洋看世界，热风吹雨洒江天"，"红旗卷起农奴戟，黑手高悬霸主鞭"等。尽管现代人不善于作对子，作律诗还是要努力对仗，练习多了就会有进步。

第五，七言、五言律诗和绝句都要防止"孤平"、"三平调"、"三仄尾"。在律诗的句子中间，如果只有一个平声（除平声的韵脚之外），前后都是仄声，这就犯了孤平。孤平是律诗的大忌。"三平调"就是三个平声字连在一起用在一句七言诗的结尾，"三仄尾"就是三个仄声字连在一起用在一句七言诗的结尾。三平调和三仄尾是不能出现在律诗和绝句中的，这也是作律诗的起码常识。

南京大学的莫砺锋教授在《百家讲坛》上讲过一个故事。他说二十多年前，他在美国哈佛大学旁听一个洋教授讲唐诗。这个洋教授当天正在讲韦庄的《台城》："江雨霏霏江草齐，六朝如梦鸟空啼。无情最是台城柳，依旧烟笼十里堤。"洋教授不停地讲着一个词——乌鸦，大意说这首诗好就好在一个乌鸦的"乌"字，说乌黑的乌鸦声音枯燥、沙哑，是中国人认为不吉祥的鸟。说原来六朝繁华的南京，到了晚唐，应该是鸟语花香的春天，居然城墙上只有乌鸦啼叫，多么凄凉呀！并说这个"乌"字就是这首诗的"诗眼"。讲完课后，洋教授就问莫教授他讲得怎么样？莫教授就说这首诗里没有"乌"字，只有一个"鸟"字。洋教授拿来台湾出版的《唐诗三百首》说他没有讲错。莫教授告诉洋教授，韦庄的这首诗里不可能是"乌"字，只有"鸟"字。如果是乌字，就变成"三平调"了，韦庄是唐代很有名气、也很严谨的诗人，不可能在绝句中写出三平调的，这就是判断这个字是"鸟"字还是"乌"字的最有力的依据，不需要查那个权威出版社出版的《唐诗三百首》。

2008年，我到杭州游览天下闻名的西湖，慕名在楼外楼吃了一顿饭。在楼外楼酒店正面墙壁上悬挂着一幅书法，书写的诗是将宋人林升的《题临安邸》

"山外青山楼外楼，西湖歌舞几时休？暖风吹得游人醉，直把杭州作汴州"改写的，改写的后两句我没有记住，前两句改为"山外青山楼外楼，西湖歌舞无时休"，即把"几"字改成"无"字，就是说把林升的一首意境美妙、忧国忧民，且十分严谨的格律诗，改出了诗家大忌的三平调。我给同行的朋友说，现代人写诗，写出三平调也不奇怪，但是作为文化底蕴深厚的杭州，把前人的名作改出三平调，还要悬挂在楼外楼这样的知名场所，真是贻笑大方。

近代和尚诗人苏曼殊在日本留学期间，写过一首《本事诗》："春雨楼头尺八箫，何时归看浙江潮？芒鞋破钵无人识，踏上樱花第几桥。"诗里说的"浙江潮"就是指的钱塘江潮，但是将"钱塘江潮"四个字简化为三个字放在诗里，不论是"钱塘潮"或者"钱江潮"，写到诗的末尾，都是三平调。因此古人在诗里写钱塘江潮一般都写成"浙江潮"。但是现代人把钱塘江潮写成"浙江潮"，编辑们往往就会改成"钱塘潮"或者"钱江潮"，变成三平调了。

还记得前些年到莲花山游览，看见在山壁上刻了一首诗，忘记了作者是谁，标明"七律"，诗倒是押韵，但写了十句，平仄、相粘、对仗等都难以要求。我认为，现代人写一首赞美祖国名山大川的诗，什么都不注明，符合格律诗要求的可以看作律诗，不符合格律诗要求的也可以看作古体诗，人们不会苛求。但如果标明"七律"，就一定要符合七律的规则。大家都知道，七律就是固定八句，四韵或五韵，双句必须押韵，必须相粘，中间两联必须对仗，不能出现"孤平"、"三平调"、"三仄尾"等。将一首十句的诗标明"七律"已经是笑话了，如果再不符合律诗的规则，还要刻在名胜古迹的大门前，确实也算胆大了。

第六，写近体诗要与时俱进，适应现代语言要求。常言说：无文既不能表达自己，又不能理解别人；无史既不知道过去，又不知道将来。为文者，学习古代的语言、音韵，就是为了理解古人，传承古代的文化，继承古代的优良传统，保护中国的历史文化遗产。现代人写文章、写诗，也是表达现代人对社会、对事物的看法，表明自己的态度，表明自己的志向，表达自己的思想，抒发自己的感情，是让现代人看的，让后人看的，而不是让古代人看的。如今，全国大力推广普通话，并统一使用简化字，随着时代的发展，汉语语音已发生了很大的变化，如果还用古代的语音、声调、韵书规定写诗，评判诗，近体诗就会逐渐式微，甚至慢慢消亡。例如，李商隐的《登乐游原》："向晚意不适，驱车登古原。夕阳无限好，只是近黄昏。"这是一首流传极广的名篇，以现代汉语语音衡量，"原"字和"昏"字根本不押韵，诵读起来没有押韵的感觉，但在《佩文诗韵》里，这两个字就在一个韵部，无可挑剔。还有杜甫的《春望》："国破山河在，城春草木深。感时花溅泪，恨别鸟惊心。烽火连三月，家书抵万金。白首搔更短，浑欲不胜簪。"这首诗双句都押韵，依据现代汉语语音，"簪"字和"深"、"心"、"金"明显感觉到不押韵，使一首读起来感觉非常美妙的诗，在最后一句变了味，觉得很遗憾，但在《佩文诗韵》里，这两个字也在一个韵部，无可厚非。再如"斜"字，在现代汉语里只有一个读音，刘禹锡的《乌衣巷》："朱雀桥边野草花，乌衣巷口夕阳斜。旧时王谢堂前燕，飞入寻常百姓家。"这首诗中，这个"斜"字，只有读古代的音（"霞"字音）才能押韵。在杜牧的《山行》"远上寒山石径斜，白云生处有人家。"中，这个"斜"字，也只有读古代的音（"霞"字音）才能押韵，如果读现代的音，使这首诗变成二、四句押韵，则第一句的最后一个字就要用仄声字，不能用平声字，"斜"字是个平声字，不能用在这里。

还有平仄，现代汉语里已经没有入声字，也没有入声字的读音，只有研究音韵学的专家才知道入声怎么读，过去的入声字已经分别并入阴平、阳平和上声、去声中了。既然现代人写诗要现代人读，现代人用现代汉语音调诵读现代人作的格律诗，要读出抑扬顿挫的节奏感觉，入声字已并入平声的字就应该按平声字运用，如最常见的"十"字、"得"字、"德"字、"杰"字、"国"字、"急"字、"石"字等等。例如"三十年来说得失"这句话，按古代的韵书规定，"十"字和"得"字都是入声字，是仄声，二、四、六这三个节奏点是仄—平—仄，符合律诗规则，有节奏，有起伏。但用现代汉语诵读，这七个字全部都是平声字，读起来没有任何起伏和节奏感。当然，取消入声字，老一辈的文人诗人们难以接受，但可以作为过渡，这些已并入平声的入声字，既可当平声字运用，也可当仄声字运用，最终达到"阴平"、"阳平"为平声，"上声"、"去声"为仄声的目的，降低写诗的难度，让统一学习和使用现代汉语的当代人及后人都能学习、掌握和写作格律诗的技巧。

因此，愚以为写诗就应该提倡以普通话为基础的标准语言，平仄、押韵也应以现代汉语为依据，才能使近体诗为大多数爱好者所掌握，成为爱好者表达自己情感的一个有力工具，并将中华民族这一瑰宝进一步继承、发展，与时俱进，大放异彩。

麻雀春秋

　　早上在绿色公园晨练和散步，一群群麻雀在头顶飞舞、在树枝间跳跃、在青草地上追逐、在人行路上觅食，有时迎头起飞，有时擦肩而过；有的在树枝上你呼我应，有的在草丛间男欢女爱，搔首弄姿，叽叽喳喳。早霞绚丽，朝阳温暖，草树青翠，轻云淡雅，清风徐徐，不由得让人感到天空的高远、宇宙的博大、自然的和谐、生活的美好和心情的愉悦，让人不由得为造物主的伟大创造而感叹，为人类的杰出表现而震撼，为大自然春夏秋冬的不同景致而赞美，也为小小麻雀在风雨霜雪中不离不弃、相依相伴而感动。

　　麻雀，又名家雀儿，我的家乡人就叫"雀儿"，是与人类伴生的鸟类，栖息于民居和田野附近，性格活泼，好奇心强，警惕性高，繁殖比较快，胆大勇敢，团结合作，春天主要以昆虫为食，秋天主要以谷物为食。麻雀对昆虫数量的控制具有非常大的作用，对人类的农业生产做出了不小的贡献，也对自然生态平衡发挥了不可替代的作用，现为国家二级保护动物。

麻雀与人类相伴数万年，在没有严格意义上的人类之时，可能就有了麻雀，应该说麻雀更有资格享用这地球上的资源，更应该在世界上占有一席之地，更应该拥有无可争辩的生存权利，这是大自然的既定程序，也是上帝的精心安排，任何人不应该剥夺。

曾几何时，小小的麻雀、弱弱的麻雀、不屈不挠的麻雀、勤勤恳恳的麻雀却遭到过灭顶之灾。1958年，人们将麻雀列为"四害"之一。一声令下，长城内外、大江南北、京城边关、四面八方同时动员，全国城乡居民一起行动，掏窝、捕打、张网、下药乃至敲锣、打鼓、放鞭炮，十八般武器齐上阵，无所不用其极。雀窝里的鸟蛋、雏鸟被掏，藏在树上的被赶、被打，落在地上的被网，扑在食物上的被毒，飞在天空中的被轰赶，无处藏身，无处觅食，无处喘息。被掏窝而夭折的、被捕打而丧命的、被张网而落难的、因中毒而倒毙的、被轰赶而坠地的，不计其数，特别是使用农药，更是大面积杀伤麻雀，尸横遍野，羽毛纷飞。"害鸟"麻雀销声了，益鸟也惊恐匿迹了，麻雀们"万户萧疏鬼唱歌"，有的地方几十年不见麻雀的踪迹。一年之后，全国各地陆续出现虫灾，特别是城市的园林植物遭受严重的虫灾侵害，有些地方甚至出现了毁灭性的灾害，因虫灾遭受的损失明显地大于麻雀吃谷物造成的损失。于是人们又将麻雀从"四害"之中解放，而以"臭虫"代替，说麻雀是益多害少的鸟，给麻雀来了个半平反，还留着一个不光彩的尾巴，总算停止了举国上下全民灭雀的行动。但在我的家乡农村，麻雀的命运仍然没有好转，仍然是扫除的对象，更谈不上被保护的权利。记得1958年，我只有五岁，对消灭麻雀惊心动魄的阵势至今记忆犹新。从那年之后的几年中，消灭麻雀仍然是生产队的重要任务之一，一对麻雀的腿子可以换来几个工分、换来一点口粮。

记忆最深刻的是上世纪六十年代看"雀儿"的时期，也就是看着糜子和谷子不让麻雀吃，因此大家都叫看"雀儿"。那时候，大多数农村农户都有了一点自留地，就是这点自留地区分出了农户家境的好坏和贫富，使部分农民家庭略有一点粮食积蓄，以便抵御难以预测的灾荒之年。记得那时我十来岁，家里的自留地每年都种糜子和谷子，暑假期间正是糜子、谷子出穗、灌浆、接近成熟的季节，也正是我看雀儿的时间。因此我与麻雀就结下了不解之缘，也是我对麻雀犯罪最多、最有愧于麻雀的时期。

一是掏窝。麻雀一般都是在春季生蛋繁殖，一窝雀蛋约有五六枚，一个春天能繁殖两窝。麻雀窝一般选择在离地面四五米高的墙或悬崖的小洞、缝隙中。如距离地面较近，我们就采取搭人梯的办法去掏窝，有时是搭两层人梯，有时就搭三层人梯；如果麻雀窝距离地面太远，而距离墙（崖）顶部比较近，我们就到上面去掏窝，一个人缒着另一个人的双腿，被缒的那个人就俯着身子去掏窝。

二是扑打。小麻雀刚出窝的时候翅膀比较软，往往飞得不远，一旦发现，我们几个人就围追堵截、穷追不舍，连扑带打，直到抓住为止。麻雀怕人又恋人，上学期间麻雀经常钻到我们的教室里，甚至把窝也做到教室里的椽子缝隙中间。每到课余时间发现麻雀进了教室，几乎所有的同学立即行动，关住门窗，用鞋和帽子一齐扑打，群起攻之，那只麻雀往往就在劫难逃了。麻雀是雀盲眼，炎热的夏天，麻雀完成了育雏任务，夜间都在树上过夜。漆黑的夜晚我们就到树下突然用石头、砖头一起向树上袭击，有的麻雀中石落地，有的瞎碰乱撞，折翅伤头。

三是诱扣。冬天大雪覆盖地面，白茫茫一片，可怜的麻雀在饥寒交迫中狼狈不堪、失魂落魄，无处觅食。我们就在雪地上扫出一块地面，拿一个筛粮食的筛子，用一根细棍子将筛子的一边支起来，棍子上系一根细绳子一直拉到屋子里，然后在筛子下面撒一些谷子引诱麻雀。那饥肠辘辘的麻雀、心存感激的麻雀顾不得危险和陷阱，就东张西望地钻到筛子下面吃谷子。躲藏在屋子里的我们，在窗户眼里偷偷窥视着，阴险地窃笑着，时机一到，一拉绳子，麻雀就被扣在筛子下面了。

四是施毒。也是在大雪封地的时候，用毒药将粮食拌了，撒到无雪的地面上，麻雀一看没有什么危险，就来抢食而中毒。除了大张旗鼓消灭麻雀的时期，一般我们都不用药来毒麻雀。我们抓麻雀，还有一个重要目的就是吃麻雀肉，那是粮食短缺时期，一年都吃不了几次肉，因此麻雀肉就很诱人，是解馋的美味佳肴。如果用毒药，不仅麻雀肉不能食用，猫等老鼠的天敌也会被毒死。其实对麻雀杀伤最大的并不是掏窝、扑打和诱扣等，而是农药。曾几何时，农民怕麻雀、老鼠等吃庄稼的种子，就用农药拌种，大量杀灭麻雀，并连锁殃及其他动物，给麻雀带来了灭顶之灾。

看雀儿是我这一生最难忘的事。记得我们家有一块自留地在河滩里，周围有很多树，年年种着麻雀最爱吃的糜子。早晨麻雀从树上起飞，出外觅食，晚上麻雀又回到这些树上夜宿。麻雀不懂"兔子不吃窝边草"的道理，也没有"孔融让梨"的高尚风格，稍一松懈就成群结队地扑向糜子地，大快朵颐。因此，我每天一起床就要早早去地里看雀儿，晚上很晚才能回家，中午必须有人替换。不论是艳阳高照，还是刮风下雨，我都要坚定地守在那块地里，同麻雀比能力、比耐力、比智慧。

记得那个年月看雀儿的时候，主要依靠几件武器和设施。一是麻鞭，即用晒干的草搓一条很长很粗的鞭子，用麻丝做成鞭梢，抡起来甩在地上，声音很响亮，麻雀听见这样响亮的鞭声，就惊慌失措地逃走了。看雀儿的同伴还经常隔着比较远的距离比赛麻鞭，叫练麻。练麻的时候先要喊："噢呀噢！练麻来！"啪！啪！那时我一位同学也在山头上看雀儿，他的麻鞭甩得可响亮了，每次一甩麻鞭，鞭声就在四山沟壑间蔓延。而我的鞭声在河滩，没有那种蔓延效果，气势就逊色多了，一直引为憾事。

二是撂鞭子，即用几根竹子和一根绳子扎一条鞭子，将石头夹在鞭绳和鞭杆之间，能将石头扔得很远，可以驱赶远处的和空中飞行的麻雀，效果相当不错。记得那时我家的糜子地和邻居家的糜子地相邻，中间隔着一条比较宽、比较陡的田埂，他们家的地在上面，我们家的地在下面。大部分时间他们家是由老奶奶看雀儿。老奶奶年纪比较大，加上又是小脚，高低不平的田埂不好走，在一块五六十米长度的地里看雀儿实属不易。麻雀多的时候顾了这头就顾不了那头，老奶奶就喊我帮忙，我不用跑路，就用撂鞭子夹起石头驱赶她家地里的麻雀。有时她家没人在地里看雀儿，大群麻雀就落到她家的糜子上面享受，我不仅不帮助驱赶，还偷偷地乐，想着那些麻雀吃饱了就不会到我家地里来了，那种自私的心态现在想来真有趣。麻雀少的时候，老奶奶就给我讲古今，讲有趣的事情。我记得最清楚的是她说的缠小脚害死人的事情！旧社会世道不太平，经常跑土匪，下雨落雪、三更半夜也不能幸免，小脚女人跑不动就要挨打受骂。她说那时有个顺口溜："大钢炮，小钢炮，嘎嘣嘎嘣打两将，大脚婆娘上山了，小脚婆娘走不动，走不动，走不动，男人抓住一顿棍，走动来呀走动来，孕脚儿疼得要命来！"她说现在虽然有时饿肚子，但天下太平，不用跑土匪，晚上可以很踏实地睡觉，如果不愁吃、不愁穿，那该多好啊！

我的第三个是设施，就是窑洞。看雀儿最难受的是下雨天。下雨天麻雀照样出来觅食，看雀儿的人不能回家避雨，必须坚守在阵地上，与麻雀打持久战。因此，我就在地埂中间挖了个小窑洞，把里面收拾得干干净净，铺上一层软软绵绵的干麦草，像洞房一样，下大雨的时候用来避雨。有一年，我们公社一个生产队的一个女孩子为生产队看雀儿，下雨天在自挖的小窑洞中避雨，突然土窑洞塌了，女孩子被压死了，公社还宣传过她的事迹。唉！那可怜的女孩子，正是如花似玉的年华，为了雀口夺食，为了生产队那一点微薄的利益，"黄土垄中，女儿命薄"，无比宝贵的生命就那样香消玉殒、芳魂消散了。下雨天，特别是连阴雨天气看雀儿非常辛苦，衣服淋湿了，鞋子泡透了，天冷路滑，一身泥水。麻雀连续几天不得温饱，常常犯险夺食，一旦飞到糜子田的上空，就不顾一切地一个猛子直直扎到田里，然后在地上跑出五六米再开始吃糜子。此时地里到处都是湿泥，不能进地驱赶；也不能用石头、土块打，因为一个石头、土块扔到地里要打折许多糜子，得不偿失，投鼠忌器，只有眼睁睁地任其饱餐，无可奈何。扔点土粒驱赶，它根本不理你，直到吃饱肚子，方才扬长而去。

第四样就是公用武器，鹞子。鹞子学名雀鹰，专以雀类和小老鼠为食，一般生活在比较茂密的森林之中，冬天迁徙到黄河以南地区过冬。春天鹞子繁殖季节，人们将雏鸟抓来驯养、熬鹰，夏秋季节由驯鸟人（鹞客子）驾驭，到各村驱赶麻雀。鹞子是麻雀的天敌，鹞子一进村叫几声，麻雀就胆战心惊、东躲西藏、鸦雀无声了。一名鹞客子每年要包几个村庄，每个村要给鹞客子一定数量的粮食，作为报酬。在鹞客子包村的时候，有的村庄如果不愿意承包，当年麻雀就特别多，看雀儿的任务也就特别艰巨。看雀儿的时候我最渴望鹞客子来到村里，鹞子来过之后，一整天见不到几只麻雀，也不知平时那么多的麻雀都躲到什么地方去了。记得我们邻村有个鹞客子，一手驾着鹞子，一手拿着一头装有铁矛一头装着一截短横木的木棍，戴着或背着一顶草帽，裤腿挽得高高的，声音特别洪亮，好像一位侠客，很是威风潇洒。那鹞客子每次一翻过山梁就叫喊几声，没等鹞子叫啸，麻雀已经惊慌失措、东奔西窜了。

麻雀吃穄子，经常直接落到一株穄子上面，把最先黄了的籽粒吃掉，从此以后那株穄子就飘动着空空的衣衫、高扬着脑袋，像抗战年月群众中扬着头、贼眉鼠眼地意欲出卖"八路"干部的汉奸一样，我真恨不得把那株穄子连根拔起，现场执行死刑。但那株穄子穗只被吃了上半部，下半部穗子还有籽粒。如果把那株穄子连根拔掉，不仅要浪费半穗粮食，同时还要殃及整株糜子的其他穗子，那岂不是和麻雀一样可恶吗？

想起那一段时光与麻雀的恩恩怨怨，真是一言难尽啊！还记得上五年级的时候，我们教室的窗户是纸糊的，窗户纸经常被风吹破被人撕烂，麻雀经常在上课的时候光顾教室，在房梁间跳来跳去，用鸟语交流调情。有一次期末数学考试，答卷快结束的时候，一只麻雀将屎从房梁上拉到我的试卷上，擦了之后仍留下一片黄色的痕迹。当时我对那麻雀真是恨得咬牙切齿，恨不得拔其毛、剥其皮、碎尸万段、挫骨扬灰。我那时比较调皮捣蛋，属于老师不喜欢的那种学生。因此老师当场阅卷的时候，皱着眉头，捏着鼻子，脸拉得很长，像长白山一样。后来看到我的数学成绩得了满分，老师的脸才算是阴转多云了。看来老师喜欢好学生，喜欢乖学生是千古不变之真理，无可厚非。

告别看雀儿的时期已经四十多年了，与麻雀的恩怨留在少年的记忆里，也尘封在岁月的深处了。上大学和参加工作之后，整天忙忙碌碌于衣食住行、柴米油盐，营营役役于功名利禄、荣辱进退，家乡的糜子、谷子疏远了，黄山、黄地、黄土坡久违了，小冤家麻雀也被遗忘了。上世纪八十年代初，弟弟从家乡来看我，聊起家常，弟弟说：由于大面积使用农药，麻雀几乎绝迹了，我听了心头隐隐作痛。当年的冤家绝迹了，看雀儿的经历也就变成遥远的童话了，那麻鞭、撂鞭子、小窑洞和鹞子等也都成了遥远的回忆了。弟弟还说，那几年使用"毒鼠强"消灭老鼠，结果把老鼠的天敌全杀完了，老鼠一下子变得和小猫一样大，都成精了，胆大妄为，横行乡里。我妹妹学了一手抓老鼠的本事，看见老鼠就一把抓住，立即摔到地上，没等老鼠回头咬人就摔晕了。她们家里的老鼠都被她抓完了，还帮助亲戚邻里去抓。我说：妹妹是属老虎的，老虎的老师是猫，猫除了将上树的本领没有传给老虎之外，其他的本领都传授了，属虎的妹妹抓老鼠也算是名师传承指点，是行家里手了。

近十多年来，农民不再用农药拌种了，也不用"毒鼠强"了。我每年回家乡看看，到山上转转，发现麻雀越来越多，有的人家秋天也有人在糜子和谷子地里看雀儿了，感到是那样亲切、那么令人心动，仿佛又看到了麻鞭、撂鞭子、小窑洞和鹞子等老相识了。特别是在城里，麻雀越来越多，与人的关系越来越好，你走到它跟前它也不想飞走，只是跳到路边上，友好地给你让路。我对麻雀早已没有敌意了，反而觉得它们是那么可爱、那么善良、那么亲切，就像土里土气的洋芋、粗生的丫头，是家里的一名成员，年年岁岁，春夏秋冬，朝朝暮暮，相依相伴。

麻雀其实是我们北方人最要好的朋友，它不与雄鹰争高低，不与孔雀争艳丽，不与鸿鹄争远志，不与燕子争温暖，不与鹦鹉争巧言，不与鸽子争宠幸。

它不羡慕庄子《逍遥游》中的鲲鹏，没有那样的野心，也不妄想博得庄老头子的赞美。

它不在乎领袖诗人诗词中蓬间雀的地位，它没有说要去"仙山琼阁"，没有订过"三家条约"。它不知道那是领袖诗人指桑骂槐，骂的是美帝苏修英国佬，表现的是浪漫主义情怀。

它不追求鸿鹄的志向，踏踏实实地谋生存，学会生存，生儿育女，繁衍种类。那个发出"燕雀安知鸿鹄之志"的陈胜不也就是为了吃得好点、穿得好点嘛！说是"苟富贵，勿相忘"，他富贵了不是照样忘记了穷哥们吗？他自己不是由于奢望太多也付出了生命的代价吗？现在的人类，一个个都手中拿着一把小算盘外加一杆私秤，整天忙忙碌碌地计算和称量得到实际利益的捷径和数量，有多少人有过宏谋远图、崇高志向、豪迈诗情？

它不追求像大雁那样去千里传书，冒险博得一个文人诗人需要的虚名。也不想贪看"画图省识春风面"的王昭君的美色，免得像大雁一样掉到地上摔得头破血流、粉身碎骨。"塞下秋来风景异，衡阳雁去无留意，四面边声连角起"，雁飞去引起的惆怅和雁归来引起的喜悦都与它无关。它听的《信天游》比谁都多，你说"大雁听过我的歌"，那就是煽情嘛！何况《信天游》并不是什么施特劳斯的圆舞曲或《梅花三弄》《二泉映月》等高雅艺术，《信天游》也就是草根阶层的"下里巴人"嘛，还一定要大雁听了才算数？

"燕子声声里，相思又一年"，它不愿意隔那么远、那么长时间地去思念情人，它的情人、老婆就在跟前，没有两地分居的隐忧，想亲热就亲热，用不着那么费劲地、苦痛地朝思暮想。

它也怀疑过唐朝那个女人说的黄莺儿应该就是麻雀，"打起黄莺儿，莫教枝上啼。啼时惊妾梦，不得到辽西"。一年四季、风霜寒暑、物换星移，能够惊妾梦的绝大多数是麻雀，到那儿去找黄莺儿呢！你说是黄莺儿就黄莺儿吧。麻雀是雀盲眼，是白天活动的鸟，只要你不像《论语》中被孔夫子骂的"朽木不可雕也，粪土之墙不可圬也"的那个白天睡大觉的宰予，它就不会惊扰你的黄粱美梦。

它不理解最忧国忧民、同情弱势群体的杜甫老夫子也那么势利，在翠柳间鸣叫的分明主要是麻雀，你偶尔听到黄鹂叫几声，就写到诗中，千年流传，"两个黄鹂鸣翠柳"——不知所云；"一行白鹭上青天"——离堤（题）万里。

它从来不想和人类作对，但也不想像鹦鹉、八哥等宠物鸟一样被关在笼子里，或拴上铁链子，它认为自由比美食更重要。有人要把它装到笼子里宠养，它一定会以命相搏、拼死挣扎，拼一个雀死网破，不自由、毋宁死。它是相伴人类而绝不被驯服、收服的唯一鸟类。

它也不想像人类虚构的凤凰等高贵鸟儿一样择木而栖、登高望上，哪根树枝它都可以落脚，哪个地方只要安全可靠，都可以做窝安家，城里、乡里都可以生活。它也不想充当什么艺术界的葱，充当时尚界的蒜，企图博得那些长头发的哥们和超短裙的姐们赞赏。

如今，高贵的凤凰在古人和今人的梦境里；一冲万里的鲲鹏在智者庄子和人民领袖的想象里；美丽的孔雀在动物园里；被宠幸的鹦鹉、八哥等在休闲老人的樊笼里；有志的鸿鹄在文人的诗词里、歌曲里；啼血的杜鹃、辛勤的燕子、多情的黄莺大半年都躲在江南的温柔乡里；连"枯藤老树昏鸦，古道西风瘦马"的景致都看不见了，城里乡里都很难见到乌鸦了；欣逢喜事想听听喜鹊的叫声也是奢望了。古人今人有几人见过黄鹤,黄鹤在崔颢的《黄鹤楼》里,"昔人已乘黄鹤去",昔人与黄鹤都已无影无踪了,"白云千载空悠悠"啊!你要附庸风雅地写写"鸟宿池边树","六朝如梦鸟空啼",想听听空山鸟语、欣赏鸟语花香、百鸟鸣唱、万类竞翔等等,就只有麻雀了。"舍不得你的人是我,离不开你的人是我",也只有麻雀,长年累月,鸣叫在我们窗前,微笑在我们周围。

也许有人会说,麻雀长得不好看,文人诗人情人城里人都不喜欢。麻雀与人类争夺粮食,农人也不喜欢,这恐怕也不是正当逻辑。麻雀在这个星球上已经生存繁衍几万年了,也许它早于人类拥有这片土地。

在地球比较原始的时期,世界上的动物、植物都恭恭敬敬地遵循着自然法则,遵循着上帝的安排,麻雀等鸟儿有足够的森林和辽阔的原野栖息,有足够的昆虫、野谷子食用。曾几何时,人类放火烧荒、垦荒种地,森林大片大片地消失了,草地变成农田了,人类无情地把上帝赐予所有生灵的资源插上自己的招牌,全部据为己有,残忍地剥夺了其他动物的生存空间和生活资料,并且以上帝宠儿的身份,瓜分地球资源,掠夺自然遗产,破坏美好家园,动不动就宣布取消其他物种的生存权利,以致野生动物不断减少,许多物种不断灭绝，丰富多彩的世界日渐单调。

作为生存几万年的麻雀，历经大劫大难，赶不尽、杀不绝、扑不完的麻雀，至今保持着原始的善良、温顺和朴素无华的品格。它们不像狼等野兽，你要掏了狼的崽子，狼一定会复仇，叼走你的孩子，把你的羊、猪等家畜全部咬死，让你永远不得安宁。而麻雀不管人类如何虐待它、误解它、围剿它，麻雀都不记仇、不报复，不会把你的庄稼肆意糟蹋，不会故意啄掉你园中的花卉，不会随意把你的饮用水弄脏，更不会啄伤幼儿的眼睛。它是伴着人类生活的鸟类，它把人类当做朋友，和平共处。不论看到人间多少繁华和美好、发现多少残忍和丑恶，它都不会远离人类、远走他乡。它相信人类这个朋友有时会犯糊涂、做傻事，但终究秉性善良，那个孟圣人不是极力主张"人之初，性本善"吗？它相信人类终究会摈弃卑俗，变得崇高，能够理解它们、善待它们。自古以来，人类收割和打碾庄稼，总是要有意或无意地留一点给鸟类，那也是上帝的旨意。商朝的开国之君成汤捕鸟还要网开三面，后来的人们差一点，也要网开一面。因而它们把苦涩的记忆留给昨日，用真诚的态度、不屈的毅力和坚定的信念赢得未来。

麻雀从不贪婪，安贫知命，"一箪食、一瓢饮、在陋巷"，"不改其乐"。它偷食农民的谷子，不认为自己犯罪。它没有良心上的谴责，也没有情感上的忏悔。人类把森林、草地、山脉、海洋都据为己有，就应该把动物们都划归进来，合理地分配食物资源，麻雀吃一点谷子那是它的权利。何况一年十二个月，只有一个月左右可以吃到农民种的谷子，其他时间麻雀都是以昆虫、野草籽、遗落在地上的粮食等为食，捡拾人类的残肴剩羹、为人类清理垃圾。人类难道不能反思一下，究竟谁是强盗，谁是小偷？

麻雀非常勇敢顽强。俄罗斯作家屠格涅夫在自己的诗文里曾经描写过麻雀的勇敢精神：说有两只麻雀为了保护自己的雏鸟免遭狗的伤害，奋不顾身地扑打狗的脑袋、阻挡狗的去路，让人十分感动。我在看雀儿的时候，有一天突然看见五六只麻雀在悬崖边上急切地呼叫，上下腾飞、冲击、扑打。我到崖边一看，竟然是一条蛇在试图掏麻雀窝，大麻雀们冒着被扑杀的危险阻挡蛇钻进麻雀窝，尽力解救它们的孩子。我们几个孩子怕蛇钻到糜子地里伤人，就用柳树棍子将蛇打死了，"见蛇不打三分罪"呀！从此以后，我掏鸟窝比较谨慎，生怕从鸟窝里掏出蛇来，那可就乐极生悲了。不可思议的是，当人们掏麻雀窝的时候，麻雀虽然也会悲鸣、凄叫，但很少冲来扑救。可能是它们认为人类太强大了，人类就是它们的上帝、它们的主宰，掌握着它们的生杀大权，它们无力抗争，只能认命。人类不光是麻雀的天敌，还是包括麻雀在内所有动物的公敌。

我们一定要善待麻雀，善待野生动物，不能再让麻雀承担"害鸟"的罪名。如今麻雀是我们最常见的野生鸟类了，不论是乍暖还寒的初春或绿树成荫的夏季，还是落叶缤纷的寒秋或飞雪飘飘的冬天，只有麻雀一如既往地飞来飞去，给我们带来活力，带来清脆的声音，带来生动。也只有麻雀经常在你的窗前鸣叫，在楼宇间穿梭，在街道上觅食。在人类薪火相传的古道上，麻雀也在不停地传承，不断地感动着匆匆行进的路人，感动着十年寒窗的学人，给公园休憩、安度晚年的老人带来乐趣，给路边玩耍的小孩增添好奇，给山里劳作的农人消除寂寞。人类如果继续无限制地猎杀野生动物、猎杀鸟类，继续污染江河、海洋、森林、草原、土壤和地下水，继续污染空气、破坏大气层，那以后天上飞的就只有飞机、炮弹和火箭，地上跑的就只有汽车、火车和坦克，水中游的就只有轮船、鱼雷和航空母舰。如果有朝一日麻雀彻底消失了、灭绝了，天空再也没有任何鸟类了，人类的末日也就要到来了。

寂静的山村

　　这几年经常回家乡，有时是杏花盛开的阳春三月，有时是小麦出穗的端午佳节，有时是玉米成熟的金秋季节，更多的是雪花飘飘的寒冬腊月。不管是哪个季节，我总是要上东山，绕北山，下西山，攀过山头，跨过豁岘，跳下田埂，走过田野。早晨起床要上山，中午饭后要上山，晚饭之后还要上山。看四十年前种下的树，看四十年前修过的田，看四十年前犁过的地，走四十年前走过的小路、田埂、树林和荒坡，看沟壑纵横、梯田环绕、山峦逶迤。

　　如今不管在什么季节上山，给人最强烈的感觉就是寂静。山顶上的树林里静悄悄的，除了偶尔听见几声鸟叫或突然奔出一只兔子，多时见不到一个人影，听不到一点声音，无风的时候静得似乎听得见山的心跳、听得见树木的呼吸、听得见小草的呢喃。山坡上、田埂上各种小花在草丛里掩映着，在阳光里绽放着，在微风里摇摆着。新草青青，干草凄凄，蜂飞蝶舞，草晕花羞。不见一个人拾柴、放牛、放羊，更没有"走在乡间的小路上，牧童的歌声在荡漾"的景致。大片大片的田地里种着小麦、玉米、洋芋和谷类、豆类庄稼以及苜蓿青草等，各种绿色深浅不一，就像一版版的套色广告，告诉人们丰收的消息。阵风吹来，麦浪滚滚流，玉米沙沙响，苜蓿迎风摆，谷子频点头。有时偶尔在庄稼地里看到一两个人在劳动，偌大一个山坳的田地里见不到几个人影，更见不到"耕牛遍地走"的耕作景象。山村里几十户人家散落在东、西山的半山腰，掩映在树丛中，白壁红瓦，铁门土墙。整日里听不见鸡鸣犬吠、幼儿啼哭、家人呼唤。黄昏时候也不见暮鸦聒噪、喜鹊喳喳、农夫返家、牧童归来。只见几许袅袅炊烟在农家小院升起、在树梢上面盘旋、在半山腰消散，这时才显出几分人气、几分温馨、几分亲切。夜幕降临的时候，偶见几家灯火在夜风中摇曳，空旷的天宇银星点点，家家户户的留守家人都围着电视，看海外异邦的奇闻怪事，看五湖四海的风土人情，看影视界男男女女的自我表演，看城里人各式各样的无聊状态，看达官显贵的大言不惭。不见男人女人互相串门，不见老人聚首聊天，也不见年轻人相约联欢，更听不见妇女吵架骂街、哭声连天，再也没有守夜人游走和巡山。村后的那口荒芜的老井也是孤寂寂地经受着风雨的剥蚀，诉说着曾经的恩宠和今日的冷落，老井旁边看不到往日饮牲口的木槽，井台周围长满了杂草，井水静静地映照着一方蓝天，怀念着过去人来人往的繁华，好像没有人再到这井里吊水，更谈不上孩子们"绕床弄青梅"了。这个曾经人声喧哗、热热闹闹的山村，如今没有麻鞭的回声蔓延，没有山歌在田间对唱，没有一排排的农人在田里锄草、割田，没有一队队的男子担粪上山和挑粮食上场，没有搭台唱戏，没有人再点端午节的"高高山"，没有寒冬里许多人守着一个秋千。这个原本孤寂的山村，经历了百年的春往秋来、朝代更替，又慢慢地孤寂了。让人感到几分困惑、几分怅惘、几分淡淡的感伤。

　　这个四五十户人家的山村，曾经也是那样的喧嚣。喧嚣的缘由来自于"人民公社"、"一大二公"、靠土地生活、靠老天吃饭；来自于"以钢为纲"、"以粮为纲"。所有的人都被捆绑在这块土壤不肥沃、雨水不充足不调和、地下无矿藏的土地上，不许多种经营，不许外出打工，不准出外乞讨，不准经商办厂，不准私养牲口，不准私自行动。白天统一时间出工，晚上统一时间回家。上工慢慢腾腾，如同"洛阳调将"，回家急急匆匆，就像分粮分田。田是集体的田，地是集体的地，树林是集体的树林，牛羊是集体的牛羊，粮食、草料都是集体的，连每个人的时间都是公家的、都是集体的。因此在统一出工的时候，有种田的，有犁地的，有碾场的，有担粪的，有锄草的，有放牛放羊的，有修梯田搞农田基本建设的。队长一声上工令，家家户户有劳动能力的人一起出动，扛犁荷锄、挑担背筐，上山下地，分头劳作。尽管生活艰难、苦涩，农人见了面还是嘘寒问暖、说长道短的寒暄，在一起免不了鸡零狗碎的唠叨。东山有人，西山有人，北山有人；山头上有人，山腰里有人，山沟里也有人，上工的时候到处都有人。收工了，没有特别任务的人都不得进粮田、不得进草地、不得进树林，白天有人看山，晚上有人守夜。场院有人看守，牛羊有人看守，仓库有人看守，玉米地、豌豆地都有人看守。

由于几百口人全都被固定在这个山坳里谋生，人们生存需要的食物要向这块土地索取，饲养牲畜所需要的草料要向这块土地索取，做饭、烧炕需要的柴火也要向这块土地索取，衣食住行所需的生活资料都要向这块土地索取。地越种越薄，树越来越少，草也越来越少，水土流失越来越严重，山头荒坡都光秃秃的，赤身裸体地诉说着岁月的苍凉。农民的生活就可想而知了，年年青黄不接，年年青菜清汤，年年返青希望，年年苦涩愁肠。人们在这块土地上生活，在这块土地上繁衍，在这块土地上娱乐，在这块土地上老去和消亡，迎来朝阳、送走落日，世世代代，生生死死。因此这块土地上的一尺一寸、一草一木、一蔬一饭都显得非同寻常，都是人们互相争夺的对象，并滋生出形形色色的手段，如声东击西、浑水摸鱼、趁火打劫、无中生有、笑里藏刀，要没有大家都没有，争来抢去的往往就是微不足道的蝇头小利。粮食收割了还要把根子收去当柴火，柴火烧完后的草木灰也要作肥料，决不能丢弃。一块草地上面人先去拔草，再放牛牧羊，再挖草根作柴火，甚至连若干年才能形成的草地皮一起翻起烧成生灰，作为肥料，那是典型的索取而不是循环经济。树上的叶子刚刚落下来，就有人用扫帚扫去作燃料，你想要在小树林里踏着落叶，体会秋天红叶的景色和浪漫的情怀都是一种奢望。人们从野花杂草的根茎去体会人生的百味，在漫漫长夜的睡梦里体会富足的生活情景，就像黄粱美梦里的卢生和秦腔《拾黄金》中的那个叫花子一样，镜里摘花、水中捞月，都是一场空、一场妄想。不知富裕为何物的芸芸众生，跟着那些拿腔作调、一本正经、同样不知富裕为何物的政治人物，嘲笑和批判别人追求富裕，还要雄心勃勃地解放世界上三分之二受苦受难的人民，真是幼稚得可爱、可叹、可怜。多少人白天听惯了美好谎言和高谈阔论，晚上饿着肚子上床睡觉，搞不懂这是哲人思考的问题还是农人思考的问题。多少汗水才能换来几粒粮食，换来几片菜叶。"男儿有泪不轻弹，只是未到伤心处"，这里的七尺男儿，为了生存、为了养家糊口，流了多少汗，流了多少泪，谁能计算得清楚？那苦涩的泪水不是流在岳武穆的坟前，不是流在诸葛亮的《出师表》里，也不是流在李密的《陈情表》里，而是流在清汤如水的碗边，流在收不来种子的田边，流在瘦小浑浊的河边。可以想见，"一方水土难养一方人"的这块土地该是多么热闹，该是多么贫瘠，该是多么沉重。

既然已经被规则和程序圈定在这块土地上，大家也就安贫知命，一无所有也一无所惧，坦坦然然地熬度这瘦长而无奈的岁月。那时的山村，生活艰难，文化贫乏，日子枯燥。人们不知道唐诗宋词汉文章的华彩，不知道魏晋名士的风流，不知道节妇烈夫的悲壮，不知道发达国家的富裕。只知道年难过，月难过，日子更难过，难过的日子也要过，艰苦的生活也要活，努力在艰辛劳累中寻觅人生的乐趣，在穷困苦涩中追求点点滴滴的欢笑。青春本该繁花似锦，生活就应朝气蓬勃，没有激情哪有豪情，没有豪情哪有创造，没有创造哪有进步，没有进步哪能生存。记得那些年月里，我们村有点激情的中年人和年轻人总要想方设法组织开展一些活动，给古井无波的生活增加一点刺激，有几项活动至今记忆犹新。

一是漫"花儿"。记得五六十年代有几年风调雨顺的日子，农民真是舒心快乐、无忧无虑。在收割庄稼的时候，在打碾粮食的时候，激情四溢的青年男女都要漫花儿，把那长长的腔调漫得悠扬高远，春情荡漾，热浪滚滚，笑声朗朗，让人浮想联翩，心潮激荡。记得家乡当时有一首花儿比较文雅："南山坡上去放牛，我和花儿又碰头；紧紧抓住花儿的手，想你想得泪哗哗流。"这首花儿虽然"阳春白雪"，但唱的人却很少，知道的人也很少，那是根据需要改造的雅词，任何场合都能歌唱，特别是有官方人物的时候才能唱。还有一首花儿就不高雅了，甚至比较下流："南山门上雨倒哩，我把花儿约到古庙里；你脱裤子我下手，吓得龙王爷大张口；龙王你是个泥疙瘩，坐在那里白不咋。"这首花儿虽然词儿不雅，但会唱的人却比较多，爱唱的人也比较多，你唱我随，山峦回响。其实这就是花儿的本色。还记得有一首小调，名叫"王家哥"："哎！王家哥，来得早了人见了王家哥，来得迟了门垫了（即把大门插上了）王家哥。"可见花儿和民间小调，包括陕北的信天游，都是以男女情爱为最基本的题材，也是永恒的题材。花儿，本来就是情歌，大多就是男女情爱的表达。现在文化部门把花儿作为民间艺术改进推广，搬到大众舞台上表演，放到高雅的殿堂展示，使原本的草根味道变了味。搬上了舞台，却脱离了民间，改变了原汁原味。记得家乡人那时漫花儿，把花儿就当做一个风尘女子，人人可亲，人人可爱，寄托一份恋情，释放一份性爱。就像明朝名著《金瓶梅》一样，书中的性描写就是为了反映当时社会的状态，就是该书的一个特色，如果把其中的性描写全部删除了，那还叫《金瓶梅》吗？如果把花儿的歌词也全部净化了，就不是真正的民间花儿了，就成了政治教化的工具了。其实在古代，情爱是一种美德，是灵与肉的崇高奉献，古代祈雨就有让男女在光天化日之下做爱的仪式，那不是亵渎神灵，恰恰是敬畏神灵，把最真实的生命形态展示给神灵，就像魏晋名士祢衡"裸衣骂曹"时说的，"吾露父母之形，以显清白之体耳"。人类自从穿上衣服之后就变得虚伪了，把许多本质的东西隐藏起来，把许多虚假的东西尽力展示出来，变得越来越贪婪、越来越残忍、越来越阴险、越来越无耻，衣冠楚楚，道貌岸然，翻云覆雨，诡计多端，颠倒黑白，真假难辨，当面一套、背后一套，台上信誓旦旦、台下蝇营狗苟，看眼色而行事，打着维护真理的招牌贩卖谎言。

花儿在我的家乡并不流行，会唱的人也不多，史无前例的"文革"开始后，不高雅的花儿也被列入"四旧"范围，更无基础、无市场了。人们被迫晚上唱"从来就没有什么救世主"，早上唱"他是人民的大救星"。本来这些歌曲都是久唱不衰的好歌曲，都是经典，都曾经唱得人们热血沸腾、热泪盈眶、激动万分。但由于太神圣、太庄严了，太有仪式感了，政治意义太强烈了，因而在田间地头、打麦场里、推车路上等劳动的场合就难以流行。其结果就是革命歌曲没有推广流行，几千年流传下来的花儿等民间曲儿也逐渐失传了。如今在我们家乡，七十岁以下的人基本上都不会漫花儿了，七十岁以上的人也没有那个心气和力气了，家乡再也听不到花儿的悠扬腔调了，花儿、民间小调都已尘封在人们遥远的记忆中了。

二是耍"社火"。年景稍微好一点的时候，我们村子在春节期间，有激情的中年人和一帮年轻人就要组织耍社火。记得六十年代我十来岁，村里组织耍社火，有舞狮子，走旱船，扭旦娃子，还有一些小节目，丰富多彩，新奇有趣，锣鼓喧天，唢呐高亢。那时我年龄小，没有舞狮子、撑旱船的能力，但性情活泼、天真烂漫、调皮捣蛋，就被选来装扮成小旦，扭旦娃子，像东北的二人转一样，边扭边唱，边跳边浪，逗得大人开心快乐、欢声笑语。那时村里耍社火，是挨家挨户轮流上门表演。表演结束后，这家人要拿一些过年的食物犒劳耍社火的人员，大家吃得高兴，玩得也高兴。日子特别艰难的时候，没钱扎灯笼，没钱扎狮子，没钱做旱船，没钱买颜料。家家户户也拿不出好吃的东西了，社火也就耍不起来了。

三是唱台戏。我们村子自古以来没有唱戏的传统和基础，既没有唱戏的"把式"（行家），也没有唱戏的道具和服装。大家为了在艰难中寻求快乐，在穷困中营造情趣，就借服装、借道具，排练现代戏。那时候我们村子排练演出的现代戏有《三世仇》《血泪仇》《红灯记》《智取威虎山》《沙家浜》等。记得我们演出《智取威虎山》的时候，我扮演的是威虎山"八大金刚"中的老二，角色虽然不重要，但要负责给在场的演员提词，因而就要把全本戏的戏词都背下来。扮演"座山雕"的人是节目的主要组织者，繁忙的农活加上筹备服装道具和组织排练，忙得不可开交，因而演出的时候戏词记得不熟。但他的声音却很大，演出时气势汹汹，大声呼喊，就像审犯人一样，唬得杨子荣晕头转向、结结巴巴。至今记得一次演出，杨子荣和座山雕对台词的情境，座山雕："天王盖地虎。"杨子荣："宝塔镇河妖。"座山雕："么哈，么哈。"杨子荣："正晌午时说话，谁也没有家。"座山雕："这么说你是许大马棒的人呀？"（串词了，我赶快给座山雕提词：你脸红什么？）杨子荣："许大马棒的司马副官胡彪。"座山雕又折回来："你脸红什么？"杨子荣（有点晕）："防冷涂了蜡。"（乱了阵脚）座山雕："怎么又黄啦？"杨子荣慌神了，我赶快提词："防冷涂的蜡。"这时座山雕也不知道要说什么了，因为接下去的一句台词已经说过了，他急中生智，突然来一句："你到这里干啥来了？"杨子荣也不知道哪来的这句台词，也现编吧："给三爷送联络图来了。"一看要演砸了，我就每句台词都提，提词的声音台下的人都能听见，才使座山雕和杨子荣的台词顺利地对下来，没有僵在戏台上。那时全中国就八本样板戏，年轻人对那些台词都记得滚瓜烂熟，台词对错了马上就有人发现。这一段对白，让扮演杨子荣的演员大冬天出了一身汗，扮演座山雕的演员事后却洋洋得意地取笑说："你是这出戏的主角，两嗓子就给喊晕了。"台下的观众笑得前仰后合，现在想来真是有趣。

四是看堂戏。"文革"之前，乡村的文化活动主要是唱古装戏，叫唱堂戏，既是娱乐，又是敬神。每年的正月都要唱五六天堂戏，白天晚上连着唱。有时还要在端午节、中秋节唱堂戏，天旱了要专门为神唱堂戏，祈求神灵保佑、普降甘霖。二月二前后要唱皮影戏，主要也是为了敬神，希望一方尊神保佑一方百姓全年风调雨顺、五谷丰登。那时的堂戏，每年基本都在距我们家五里路的古驿站演出，因为古驿站有一座庙，庙里供奉着一位神像，叫"石娘娘"，据说很神很灵，四周百姓都信奉得很虔诚。不管多么困难，给石娘娘的堂戏一定要年年唱。我那时年纪小、个子小，看戏的时候往往看不见台上的表演，只看到大人的后脑勺，再加上对戏里表达的爱恨情仇不大理解，只知道古装戏就是"奸臣害忠良，相公招姑娘"；还有"要看旦，《白蛇传》；要看生，《二进宫》；要看欢戏《长坂坡》，要看大火房点着"。那时每天晚上跑五里路去看戏，一是跟大孩子一起玩，图热闹，有时还能得到父母亲的一个糖果或麻花享受。二是因为我的大舅是一位唱秦腔堂戏的重要演员，母亲也要挤时间去看大舅演戏。大舅多才多艺，他的旦角演得很好，经常演《游西湖》中的金娘、李慧娘，演《铡美案》里的秦香莲等。"文革"结束，古装戏恢复演出后，大舅再不唱旦角了，改演《辕门斩子》里的杨延景等角色。他那唱过旦角的嗓音，把杨延景表演得淋漓尽致，大有秦腔名家女须生薛志秀的风采。那时我们看到大舅演了重要角色，演得那么好，那么美丽，感到特别得意，经常在同伴面前炫耀。第三个爱看古装戏的原因，就是母亲经常给我讲古今。在那细雨沥沥的秋夜和风雪茫茫的寒冬，母亲一边做针线活，一边讲古今，讲那"牛郎织女"的美丽传说，讲"孟姜女哭长城"的千古绝唱，讲"梁山伯与祝英台"、"白娘子与许仙"的悲欢离合。小时候看古装戏，古的概念，就像遥远的夜空，神奇而迷茫，因此我爱看古装戏，就是想体会那些缠绵悱恻的故事里的情景，体会遥远的神奇和迷茫，感受人生的百味。

　　"文革"开始之后，古装戏也被禁演了，加上生活越来越艰难，家乡人单调的生活就更加苦涩难熬了。"文革"中期，不知什么原因，有一年许多地方突然又上演古装戏了，就像六月里虎口夺粮一样，白天连着晚上，接连不断，竞相上演。但是昙花一现，很快又被禁止。我们的公社所在地距我家有十里路，也演了几天几夜的古装戏。那些久未登台的古装戏演员，冒着挂牌游街和进学习班的危险，一个个激情满怀地粉墨登场、尽情表演，美美地过了一回唱戏瘾。四乡八镇的村民穿戴着新衣新帽，成群结队地赶路看戏。我们村的一帮年轻人也在晚上跑十里路去看古装戏。那真是人山人海、摩肩接踵，整个戏场挤得水泄不通。有的鞋子挤丢了，有的帽子挤掉了，有的大人和孩子被挤散了，有的人被踩伤了。看完戏后我们又饿着肚子摸黑回家，第二天照常上学、上工，抓革命、促生产。细想想，人这种高级动物，真是本性贪婪。吃不饱、穿不暖的时候，就想着吃饱穿暖那该多好。吃饱穿暖了，甚至还饿着肚子就耐不住寂寞，要享受文化，要享受娱乐。你革了文化的命，就好像革了人的半条命一样。有钱有粮了，人更不安分了，甚至滋生抛弃发妻、另度一春的欲念。

五是赶电影。"文革"期间，最重要的文化活动就是看电影。那时的电影题材都是清一色的革命题材，如《地道战》《地雷战》《平原游击队》《上甘岭》《南征北战》等。我们家住在一个小村子里，每次电影都在距家五六里路的地方放映，我们都是吃完晚饭后，赶去看电影，因而叫"赶电影"，就是一个庄子一个庄子地去赶、去看。经常是摸黑赶去、摸黑回来，爬山越岭，跨沟涉水，乐此不疲。每次赶看的电影基本上都是看过的老电影，许多台词都能背下来了，并且变成了平常劳动时的口头禅。等到下次放映这些电影的时候，照样去赶、去看。那种精神至今想来都让自己感动。现在的孩子真是难以理解，认为那时的人都有病。他们哪里知道，在生活的纤绳里，吼几声纤夫号子，也是对生活压抑和对命运的抗争。

还有在冬闲的寒夜里做天灯，放天灯，点燃心中的明灯，点燃心中的希望，点起人生的梦想。在端午节的凌晨要到山顶上点"高高山"，即点一堆大火，年轻人围绕着火堆又跳又舞、又喊又叫，释放那一点青春的活力。还有打秋千，每个庄子在春节期间都要搭一个秋千，从腊月底到正月十六，每天有许多男男女女围着一个秋千荡来荡去，体会登到高处的快感和落向低处的惊心。

我是在"文革"结束的前一年，亦即山村还在热闹、喧嚣的时候离开家乡的。改革开放后，我们家乡公社的书记，一个有见识的党员干部，做了一件在当时堪称惊天动地的好事，在全省率先开展了包产到户，一年就解决了本公社农民的吃饭问题，结束了多年吃供应粮的历史，也拉开了全省包产到户的序幕。包产到户之后，农民各种各家的地，各务各家的农，各自盘算各自的日子。再不需要统一出工，不需要统一下地进田。田里种什么、怎么种都不需要统一规划、统一安排、统一要求了。什么产量高就种什么，什么收益好就种什么。有的人农忙时节种田，农闲时节外出打工，挣钱贴补家用。有的干脆把孩子打发出去，常年在外打工挣钱。有的人对自己的承包地统一长远规划，除了种粮食，还要多种经营，发展商品经济。有的人喜欢早出工、早回家。有的人乐意晚出工、晚回家。房前屋后都种上了树木，种瓜点豆，各随其便。谁有能力、有智慧、舍得吃苦出力气，谁就过好日子，"八仙过海，各显神通"，真是应了电影《艳阳天》里那个坏分子的话"谁发家谁英雄，谁受穷谁狗熊"。曾经热热闹闹统一出工的景象不见了，大集体时出工不出活、"干不干、二斤半"的平均主义现象没有了，婆娘们聚在一起鸡零狗碎、东长西短唠叨的景况也不见了。这一变不少人又不适应了，觉得这不就是"文革"中说的"卫星上天，红旗落地"吗？这不就是"变天"了吗？曾经喧闹的村庄突然安静了，东山、西山、北山，锄田、收粮、牧羊、放牛、捡菜、拾柴的繁忙景象也都不见了。土地得到了休养，山坡、地埂、林地都得到了喘息。树林越来越多、越来越茂密了，野草也长高了，荒坡上的草皮也稳固了，水土严重流失的问题也缓解了。特别是近些年来，国家推行城镇化，农村的人口通过各种渠道向城镇迁移。我们的下一代也都奔出家门，谋生存、谋发展，努力闯出"华山一条路"。有的十年寒窗、学有所成，通过考学走进了城市；没有考上学的也大都到外边长期打工，安营扎寨，一去不返。曾经热闹、喧嚣的山村，一天天地寂静，一年年地萧条。我的出生地、我家的老庄，过去都是十几口人的大户，现在孩子都进城了，在城里上学、就业、结婚、生子，安家落户，都不想守着这个老庄子了，只剩我弟弟和弟媳两人在家坚守，老庄子也慢慢冷清了。

我们的这个小山村，从我太爷一辈由秦安县迁来，在这里垦荒种地，繁衍生息，到新中国成立时大约呆了三十多年。那是私有制的三十年，也是非常安静的三十年。那时我们家约有近百亩土地，可算是家道殷实、生活富足，无冻饿之忧。新中国成立以后到改革开放也是三十年，那是喧闹的三十年、风风火火的三十年。从改革开放到现在又是三十来年，是结束喧嚣、浮躁的三十年，是逐渐安静、从容，进而萧条的三十年，也是城乡格局大变革的三十年。预计再过三十多年，也许要不了那么长时间，我们的村子可能更加寂静、更加萧条了，我们的下一代还能有几人在此坚守？再下一代还剩几人在此坚守？我家的老庄子也可能再也没有人坚守了，曾经的家族也可能要连根拔起了。那老屋旧瓦也要在瑟瑟的秋风黄叶中诉说昔日的故事，院里的蒿草、墙上的苔藓、斑驳的残壁也要叹息繁华事散的沧桑，等待漂泊江海、浪迹天涯的后代们寻根祭祖时凭吊怀古。真是应了那句话：三十年河东，三十年河西。据报载，相关部门最新统计数字显示，我国的自然村十年前有360万个，现在只剩270万个，"比较妥当的说法是每一天消失80至100个村落"。可以预料，要不了多少年，我家的老庄子没有人守候了，连这个小山村可能也会逐渐没人坚守了，变成消失的村落了。

我是一个游子，在那尘烟滚滚的时期离开故乡，离开那生我养我、魂牵梦萦、欲说还休的村庄。毅然决然地走向茫茫的未知世界，走向本不属于自己的异地他乡，扮演家族探路者的角色，寻求衣食无忧的生活，寻找安身立命的热土。在探索寻觅的路途上，没有强亲显姓的援手，没有故旧新朋的提携，踽踽独行于岁月的风雨之中。穿越了风生水起、激情涌动、朝气蓬勃的变革时代，体会了丰富多彩的人生风景，感受了踌躇满志、纵横捭阖、春风得意的人生事业。开怀的时候，对酒当歌；孤寂的时候，对月叹息；痴情的时候，对天发誓；艰难的时候，殚精竭虑；失落的时候，借酒浇愁。总算在都市立住了脚跟，打下了一点根基，寻觅到了后辈走出荒村的途径。总算没有辜负先辈们的殷切期望，没有辜负已在天国的父母坚持送我读书的殷殷之情。

如今，我已届花甲之年，早已走过了生机勃勃、繁花似锦、充满梦想的人生春天，也已跨越了枝繁叶茂、浓荫遮日和果实累累的盛夏和初秋。前三十年经历了"左"的思想的浸染，在蹉跎中度日，在荆棘中挣扎，体验了过多的艰辛和苦难。后三十年经历了放飞梦想、精彩纷呈的变革时代，参与了激情涌动的改革开放，感受了日新月异的社会变化和盛世繁华。今后将是我"退思补过"、扶持后辈的岁月，也是安度晚年、从容谢幕的黄昏日子，我也期望黄昏里幻化出些许绚丽的晚霞，老境中做一点有意义的事情，不要给社会找麻烦，不要给后辈添负担，不要给单位和组织抹黑，不要放弃自己曾发过誓要坚守的信仰，活得清楚，活得明白，从从容容，坦坦荡荡。

青春早逝，韶华难留。今天，我站在故乡的山头、生命的乡土上，怀着孤独、虔诚而又原始的心情，凝望着杏花缤纷的村落和心醉神迷的土地，凝望着心灵的私宅和精神的故地，感觉到一草一目总关情。对着炊烟想起童年，对着白云怀想早已逝去的青春；像老牛一样反刍昔日的风景，像迟暮的佳人回首当年的容颜，路也迢迢、情也依依。感谢上苍给我的时间和空间，让我撞响命运的晨钟，经受了风雨的磨砺，体会了人生风景，上演了我的悲欢。今天，我隔着岁月的烟雨，唤回多少童年旧梦，知道容颜改变，唯有童年在岁月底处，在故乡胶片上逐一显影。这是年轻生命轨迹刻下的地方，不论经历多少曲折，不论经历多少人事沧桑，不论经历多少成功失败，不论年代多么久远，永远让我牵肠挂肚、割舍不下。

　　回首若梦，往事如烟，忽隐忽现。我曾逃离这"一方水土难养一方人"的山村，逃离贫瘠、喧闹、你争我夺的穷乡僻壤，把苦涩的记忆留给过去、用不屈的毅力和信念争取未来，去寻异乡的新奇，去赶城市的繁华，去追现代化的脚步。三十年的乡村，三十年的都市，梦魂每向家乡绕，算平生曲折知多少。我深深体会了"二元结构"的社会差别。弄清了农民的命运是人为设定的程序，安排农民命运的都是从农民中走出来的人。其实，城市有城市的繁华之美，乡野也有乡野的恬淡之趣，乡野也有难以割舍的清静优势。如今老了，岁月的风尘掩不住追忆的情思，追忆归于安静、归于真实的云乡山村。我迷恋故乡的风声、雨声、雷声。渴望在暖风渐起的岁月里，迎晓风、送夕阳、看明月、听鸟鸣、观花草，欣赏和享受山光水景、风土人情、方言民俗、时令特产。向往那一缕炊烟、一方蓝天、一块草地、一片树林、一个安静的小院。午夜梦回，黄昏漫步，带着心中的微笑，穿过世事的云烟，放牧疲惫、憔悴的身心，安顿浮躁喧嚣的灵魂。

前年，我们兄弟姐妹为父母立了墓碑，要求儿孙永远记着自己的根基，记着这个日渐寂静的山村。今年我领着儿子、孙子到故里寻根、祭祖，我交代了我的未来，就是在父母的脚下留一块地方，方寸之地，不占耕地，不占树林，作为我的归宿，作为灵魂的栖息之地。这里虽然没有杭州的湖光山色，没有苏州的园林景致，没有陶令的世外桃源，没有桂林的"山水甲天下"，也没有北邙山的风水宝地。但是，这里被群山隔断了世外的繁华，也沉淀了种种躁动，没有机器轰鸣，没有汽车拥堵，没有拆迁装修，没有物欲横流，没有人事的喧嚣，没有欲望的蒸腾，没有权力的角逐，没有名利的争夺，没有时髦花样翻新，没有三教九流打扰。这里有尘封心底的记忆，这里有缥缈迷离的神话，这里有感同身受的怀念，这里有春花秋月的深情，这里有瑟瑟摇动的树影，这里有飘飘而落的雪花，这里有飞鸿徘徊的哀鸣，这里有满天的繁星，这里有斑驳的云影，这里有古朴的野趣。这里松竹梅虽不能岁寒做友，桃杏李却是春夏一家。这里的空间是那么遥远、岁月是那么的悠悠。这里就是躲避浮躁，拒绝热闹，沉淀喧嚣，恬淡而缓和地解读生命，安顿灵魂的地方。

出门三件物

在城市生活，在千门万户中寻找家园，在芸芸众生里寻找亲朋，在滚滚红尘中特立独行、维持地位，出出进进，来来去去，风风雨雨，有三件物品总要随身携带，那就是钥匙、手机和钞票。有人说身份证是记载一个人生命信号的最主要证件，是最应该随身携带的物品。我认为你如果不出远门乘飞机、坐火车，实名购票，不去开房过夜，不去银行存钱取款，一般并不需要将身份证时时带在身上。还有人说，男人的香烟、打火机，女人的口红、小镜子都是应该随身携带的物品，小资女郎还要在坤包里装上余秋雨的《文化苦旅》，后来又是村上春树的《挪威的森林》、杜拉斯的《情人》。我认为这些并不是必不可少的物品，唯有钥匙、手机和金钱，少了一样，就会严重限制你的行动和活动。男人为这些物品准备了足够的口袋，女人为这些物品购置了大大的提包，连上学的小孩子也要带上这三件物品，脖子上挂钥匙的孩子随处可见。

一　钥　匙

钥匙是家的象征。有了家门的钥匙，就有了归宿；有了办公室的钥匙，就有了谋生的职业，也是另一个意义上的家。人一生可能拥有过许许多多的钥匙，但最真实、最持久、最重要的还是家门的钥匙。人的一生，有春风得意、青云直上的时候，也有穷困潦倒、落魄失意的时候。不管你曾经登上多么高的权位，拥有多少荣誉，终究还要到地面上生活，到平凡的人间生活。如曾国藩所说："居官不过偶然之事，居家乃是长久之计。"不管你曾经拥有多少金碧辉煌的楼堂馆所，或者笙歌宴舞的销魂之地，最终还是要回到家里生活，还是要有一把能打开家门的钥匙。

一个人的世界再大，也忘不了温馨的小家；一个人的事业再多，也挣不开缠绵的牵挂。尔虞我诈、争权夺利的官场和商场没有家的感觉，灯红酒绿的歌舞场和喧嚣场没有家的感觉，高级饭店、辉煌酒楼没有家的感觉，名苑胜景、蓬莱仙岛也没有家的感觉。小时候父母温暖的怀抱，少年时饱含思乡情怀的家书，成年时一份深长的牵挂，老年时心灵的归宿，才是家的感觉。没有伪装、充满呵护、让人放松、没有束缚才是家的感觉。

人生需要冒险，也需要休憩；人生需要建功立业，也需要修身齐家。有了家门的钥匙，就表明你在失意、潦倒之时还有可去的地方，有一个躲避人生凄风苦雨的地方；疲惫不堪时还有地方喘息，伤痕累累时还有地方养病疗伤。

有了家门的钥匙，可以"偷得浮生半日闲"，静静地体会那种繁忙过后被释放了的心情，让匆忙的生活变得从容一点。有了家门的钥匙，既有长途跋涉的起点，又有万里征程的歇脚点。

带着家门的钥匙，就是带着希望，带着责任，带着牵挂，带着寄托。没有家门的钥匙，你就可能成为一个无家可归的流浪汉、流浪狗、流浪猫，就像随风飞舞的飘蓬、随风四散的蒲公英。放弃家门的钥匙，那就表明出门的人放弃了这个家，不再进这个家门。当年鲁迅先生参加杨铨的追悼会，把自己家门的钥匙锁进家里，表明了自己决绝不归的无畏精神和愤慨情绪，那是对国民党统治的控诉，是一个书生之愤、士子之怒。

有的人因为一点点小事、琐事，负气出门，放弃家，从此再也进不了这个家门，使一个原本温馨的家支离破碎，令人遗憾。不用钥匙随时都能进家门的人，那是最幸福的人，那一定是有人为他守候岁月，为他经营着一个避风的港湾。但如今的功利时代，人人都在为名忙、为利忙，有钱的忙着经营钱，有权的忙着经营权，有色的忙着经营色，有事的真忙、无事的瞎忙，穷的折腾、富的无聊，有多少人能指望有人在家倚门望归呢？钥匙也是一个敏感的信号，既不能缺，也不能多，缺了就可能进不了家门，多了就可能说不清楚。

我是一个从农村到城市讨生活的人，自从有了家门的钥匙，就把它牢牢地系在裤腰带上，装在裤子的后口袋中，虽然挂在腰间影响形象，装进口袋增加负担，但绝对不能挤占它的位置，忽视它的存在。不论是出门办事，还是晨练散步，甚至到邻居家串门或到门外倒垃圾，都要把家门钥匙随身携带。

有了这把家门的钥匙，不论是在名山大川，还是在通都大邑；不论是在亚马孙的热带雨林，还是在爱琴海的阳光海滩，我总是被这把钥匙牵回中国，牵回金城，牵回家里。虽然甘肃经济欠发达，工资收入不高；尽管这里的冬天空气污染严重，空气干燥；尽管东部沿海的经济发达，异国他乡的环境优美，我还是喜欢这里，喜欢这里的家，喜欢这里的人，喜欢这里的山河，喜欢这里的亲友，喜欢这里的工作和生活。

还记得"文革"期间有一首歌曲里的一句歌词是"好像那一把钥匙打开了千把锁"。对此我经常想，一把钥匙打开一把锁是正解，千把钥匙打开一把锁也正常，但一把钥匙打开千把锁那是多么可怕。别人如果有这样一把钥匙，那我家的门锁、防盗锁还有用吗？我要有这样一把钥匙的话，会不会滋生出一颗邪恶的心，会不会觊觎别人的家门？"门户扎不紧，圣贤起盗心"，有了万能钥匙，常人难道不起盗心？人世间千万别出现这样的钥匙。

有些人对家门的钥匙总是拿不好，特别是女主人，真叫你哭笑不得。家里安装了一拉即锁的门把手，她就常常被锁在门外，要么钥匙没有带，要么钥匙丢了，或者出门倒垃圾、串门，钥匙锁到家里了。当此之时，就搬救兵、满世界地找家人或者找开锁公司，家人奔忙，友人助阵，打乱了自己的生活，干扰了别人的工作，"天下"大乱，鸡犬不宁，反正谁也不得消闲。如果家里安装了用钥匙才能锁上的门把手，她就经常要你等她出门后，你才能出门，因为她没有带钥匙。如果你确信她有钥匙锁门，先去上班了，可当你下班回家时，发现家门竟然半掩着，"迎风户半开，疑是家人来"，家门没有锁，但家里的东西一样都没少，你仿佛听到《空城计》里诸葛亮的唱词："我正在城楼观山景，耳听得城外乱纷纷……诸葛亮没有别的敬，早预备羊羔美酒犒赏你的三军……"唉！别生气，能找到自己的家门就算不错了。

人一生，风华正茂的时节需要家门的钥匙，平步青云的时候需要家门的钥匙，满面沧桑的年岁更需要家门的钥匙。携带好、保护好家门的钥匙，让它陪伴我们走过风霜雪雨，走过春夏秋冬，走过岁岁年年。

二　手　机

如今的手机，是一个人同这个繁杂浮躁的世界保持联系的最重要的日常用品，手机里装着你的时间、通讯录、重要记事和照片、计算器、照相机、字典、重要短信等等，还有上网功能，能帮我们缴费、经商、购物等。手机代替了手表，代替了信件，代替了情书，代替了思念，代替了亲朋故友的见面。它还是你紧张尴尬时最好的挡箭牌，你坐在马桶上方便可以说在开会，你在歌厅依红偎翠可以说正在加班。它还可以巧妙客气地拒绝上门的客人，拒绝不愿参加的活动，拒绝种种请托。它不像身份证、家门钥匙那样必不可少，但它在你的生活中占据了你的时间，占据了你的空间，占据了你的思考，占据了你的大脑硬盘，甚至如第三者插足一样中止你们的亲热，可以说它已经成为须臾不能离开的物品了。

没有了手机，你可能找不到亲朋好友，甚至找不到自己。身份证是一个人的法定符号，而手机却是一个人的社会符号，也是最具代表性的时代符号。一个人你可能连面都没有见过，可他的手机号却在你的通讯录中，同样你的手机号也可能在许多你从未谋面的人的手机之中。

一个人发达了，有权有势了，手机号码就进了许多人的通讯录了，任你想方设法地换号、关机、双机双卡，需要找你的人就像现在网络上的"人肉搜索"一样，总是能找到你，电话不断，短信不断，你也许心烦，讨厌这么多的电话短信，但你可能不得不忍耐、不得不答复。这时候你可能会讨厌你的手机却离不开它，烦恼这样的生活却不愿意放弃。

一个人完成人间使命，故去了，身份证注销了，电话号码也一下子全部退出了所有人的通讯录。尽管这个人在世时多么举足轻重、有权有势、有情有义、仗义疏财，他还是无奈地退出户口本、退出手机通讯录、退出社会，很快或慢慢地退出大多数人的记忆。

如果你不忍心无情地将其手机号码删除，想留一个记忆和怀念的符号，突然有一天另外一个人启用了这个号码甚至可能打来一个电话，一定会让你大吃一惊，以为这人借尸还魂来讨债了，所以还是忍痛割爱删除它吧。

一个人失势了，没有权力了，没有交往资源了，没有利用价值了，你的手机号码也就逐步退出一些人的通讯录了。曾经的热闹变成死寂，曾经的风光变成失落，可能让你心慌意乱，失去重心，明星过气、官场失意、红颜老去大概都是这种感觉。你过去曾经显赫过、发达过、得意过、风流过、浪漫过，你曾经平步青云、门庭若市、趾高气扬、春风得意，你曾经拥有两肋插刀的朋友、相见恨晚的朋友、一见如故的朋友、形影不离的朋友、五体投地的朋友，"谈笑有鸿儒，往来无白丁"，但那是过去，那是从前，那是故事的开头，不是结尾，你不是笑到最后的人，谁也不可能是笑到最后的人。如今，少年子弟江湖老，你已经无情地被边缘化了，甚至于说被遗弃了，这就是残酷的现实。

繁花谢尽的时节，就要预知现实，理解现实。就要给心加件御寒的外衣，耐得了孤独，耐得了寂寞，就要和生活讲和。就要转变观念，不能苛求曾经的朋友，不能期望值太高。就要谦虚谨慎地经常开着手机，表明你还在人间，还是个生命符号，还是个社会人，也是个社会符号，与这个世界还保持着千丝万缕的联系。不要随心所欲地调换生活的频道，不要随便摆资格耍脾气，更不要随意更换手机号码，不要轻易拒回电话和短信。拒回一个电话或短信，就可能丢掉一个朋友；关几天手机，就可能丢掉很多朋友；你换一次号码，就可能和所有朋友失去联系，这时你就和死了的人没有多大区别了。

有位朋友性格比较爽直，过去在权力机关当处长时，没有事一般不给别人打电话、发短信、问候、致意，都是别人给他打电话、发短信，请示工作，汇报思想，没话找话说。经常有人请吃请喝、安排打牌娱乐，像明星赶场似的，被手机牵着东奔西跑，风尘仆仆，风风光光。退休了，他还戴着过去角色的面具，没有改变自己"不主动"的习惯，等着那些熟悉的、堆满笑容的、没话找话的面孔出现。结果没有人再给他主动打电话、发短信了，更没人请吃请喝、安排打牌娱乐了。他忽然不认识这个世界了，找不到自己存在的意义了，索性连手机都不带了。

我也是一样，曾几何时，电话多，短信多，通讯录里的姓名多，发来的短信让人感动，电话里的声音非常好听，电话和短信的交流往往不能尽兴，还要见面、吃饭、K歌，让人盛情难却。我生怕得意的时候不小心得罪了人，失意的时候补不回来，所以手机不敢换号，不敢关机，重要的时刻二十四小时开着手机，能办的事情抓紧办，难办的事情尽力办，确实不能办的事情耐心解释。即便如此，当我从重要岗位上退出了，电话少了，短信少了，过去频频出现的名字再也见不着了，声音也听不见了，通讯录中长长的名单大多沉默了，曾经热情要好得让人感动的朋友突然就杳如黄鹤了，这时我进一步体会到"世态炎凉"这几个字的真实含意。"聚散皆是缘，离合总关情。"本来，朋友的"朋"字是两个"月"字组成的，月都有光，它的象形含意就是，两人相交，互相照应，互相帮助，互相安慰，是一种共同需要。一定要分手了，自己也能照亮自己，并非一定要"生死与共"、"风雨同舟"。可见那手机通讯录中长长的一串名单，大多数是利益关系，没有多少感情投入。常言说，以色事人者色衰而爱驰，以利相交者利尽而交绝。既然是利益关系，早点绝了早省心，留着几个以心相交的朋友，才真正能从交流中感到温暖。

　　人生就是这样，只有经历了分离的思念，才能真正领略相聚的幸福；只有品尝过苦恋的滋味，才能体会长相厮守的深情；只有感受了背弃的痛心，才能领略忠诚的可贵。

人生就像煲一锅汤，时来运转的时候，山珍海味都加到一起，时髦花样杂然并陈，生活热闹，人生喧嚣。到了戏剧谢幕、煲汤揭锅的时候，你才发现那些"名贵"的东西不过都是些泡沫，既无营养，又无美味，撇去泡沫后汤就变清了，味也变正了。随身带好自己的手机，那里还有亲人的牵挂，有友人的祝福，有天气的预测，有灾难的预警，还有遥远的记忆，有似曾相识的面孔。

三 金 钱

金钱重要不重要？一文钱都难倒英雄汉，金钱能不重要吗？有钱男子汉，没钱汉子难，金钱能不重要吗？记得在农村劳动时，农民们一年连几毛钱都攒不了，那时有个形象的说法，"手中连一分翻着看的钱都没有"啊！真是家徒四壁，一无所有。因为没有钱，必要的学习用具不能买；因为没有钱，课外书籍不能读；因为没有钱，身上的衣服补丁压着补丁；因为没有钱，母亲有病不能治，年纪轻轻的就含恨离世。颜回穷困潦倒，杜甫穷困潦倒，曹雪芹穷困潦倒，陶渊明穷困潦倒，开普勒穷困潦倒，苏格拉底穷困潦倒。多少人间苦难，多少人间悲剧，多少英才早殇，多少贫病交加，都是因为没有钱造成的，钱确实是太重要了。金钱就是一个人的重量。一个人没有钱，不能维持自己的生活，就没有自己的独立人格，就可能为五斗米折腰，就可能让良心丧于困地。

有了钱，可以住高楼大厦，可以享用锦衣玉食，可以扶贫济困，可以改造世界，可以实现人生理想。有人说钱不是万能的，没有钱却是万万不能的。

钱的重要自不待说，但钱背后的风险、钱背后的是非、钱背后的陷阱也是惊心动魄、令人不寒而栗。钱是需要流动的，钱流动起来就像水，水能载舟也能覆舟，有的用水来做饭烹茶，有的用水来冲厕所。有的人管钱"不浪费一个铜板"；有的人花钱"腰缠十万贯，骑鹤下扬州"，一掷千金；有的人玩钱"世路难行钱做马，愁城欲破酒为军"；有的人争钱"双戈争贝"变为"贱"，"十戈争贝"成为"贼"。"人为财死，鸟为食亡"。和珅为财死了，严嵩为财死了，梁冀为财死了，刘青山、张子善为财死了，许许多多的"精英"也为财死了、身败名裂了。

《世说新语》里有一个故事，有人问殷浩："为什么要当官了会梦见棺材，要发财了会梦见粪便呢？"

（我们家乡也有此说法）殷浩说："官位本来就是腐臭的，所以要当官了会梦见棺材；财物本来就是粪土，所以要发财了会梦见肮脏污秽。"当时人认为这是名言。鄙薄金钱的清高士人把金钱看作粪土，许多有地位的人既把金钱比作粪土，却又把高贵的东西比作金钱，如《增广贤文》里说："钱财如粪土，仁义值千金。"常言也说"钱财如粪土，朋友值千金。"结果被中国逻辑学权威金岳霖教授推导为：朋友和仁义都是粪土了。哎！不说了，恩恩怨怨的钱，是是非非的钱，从古到今，恐怕没有人敢于垄断对金钱的话语权和解释权，可以说仁者见仁，智者见智。我这里要说的是，出门时口袋里要有点钱，男人口袋里要有点钱，要把钱当成随身物品，特别是生活在城市里的人更应该如此。

现在城里人出门，身上没有点钱可以说寸步难行，坐公交要钱，坐出租要钱，打电话要钱，进公园要钱，喝口水要钱，上个厕所要钱，停个车要钱，吃饭、住店、买东西更得要钱。

我的上衣口袋永远是钱的专属之地，任何东西都不得侵占。因此我穿的不论是长袖衬衣还是短袖衣衫，大前提必须要有口袋，要给金钱留个位置，也是最尊贵的位置。可是现在的短袖为了美观大多不设计口袋，让人难以理解。因此没有上衣口袋的，没有给钱留下位置，再好的款式我一般也不穿。

有人说现在人们都用卡了，你个赶不上潮流的老土还装钱干什么？先别说没有现钱，坐公交、坐出租、打电话、喝水、上厕所、停车、吃饭都会遇到困难，光说刷卡输入密码，长长的一串数字，让人眼花、眼晕。卡又比现金容易丢失，丢了就要立即拿着身份证件去挂失，又填表、又输号，真麻烦。在卡上骗钱的事又时有发生，时不时手机上来个短信说你的卡里支付了多少多少元，让你真假难辨，真是烦心烦人。那一张张卡就像一个个陷阱，总是让人心存疑虑，惴惴不安。因此我是最怕用卡了，公务卡锁在保险柜，工资卡锁在保险柜，银行免费办了个金卡，也不敢使用，月月缴一元五角钱的短信费，发一条也扣除短信费的短信就算服务了，让你哭笑不得。

康德说过："揣在口袋里的100马克与100马克的概念不是一回事。"我当财务处长的时候，曾用这句话给财务人员作过比喻，我们管钱的人一定要分清账上的钱和自己口袋里的钱。自己口袋里的钱可以自由支配，而账上的钱就是公家的钱，花公家的钱要守规则，没有规则的也要制定一个规则。公家的钱不论是划账还是现金支付，或者现金转手，一定会有痕迹，不是逝水无痕，不是无影无踪，不仅你知我知，还有天知地知，如果你牢记这一点，就不会在钱上栽跟头。我认为卡里的100元和口袋里的100元现金也是两个概念。口袋里的100元现金，可以办许多事，足以应付一天在家门之外的活动；而卡里的100元可能啥事也干不了，几乎不能当钱来花。

我是草根出身，相信看得见摸得着的、实实在在的钞票现金，相信朴实简单，相信最直接的交易方式——现金交易。我很看重自己口袋里的钱，随身不带些钱，就会心虚，没有一点底气。过去月月发工资，很充实，这就是自己的劳动所得。一张一张地数工资，感觉很好，有质感，有分量，有一种踏实的生命感觉。可以有美好的想象、实际的打算，结余了就存起来，花光了就光了，心安理得，手里总觉得有钱。后来工资全发到银行卡上了，月月不领工资，好像在无报酬地辛勤工作，手头总是没钱。拿出整钱来花得很快，让人心里发毛。

一个人手头需要钱，男人手头更需要钱。自古以来人们常说："手中有粮，心中不慌。"现在我觉得手中有钱，心中才不慌。有个段子说"男人有钱就变坏，女人变坏就有钱"，我不敢赞成。但许多女人怕男人变坏，怕男人出轨，对男人实行霸道的统治，钱全部上交，男人无前（钱）无途（图）了，无精无神了，那还能再干啥？只有在家或在办公室上网了，真是有点残忍。我现在比较消闲了，心情好了也作诗，别人恭维我的诗作得不错。我说男人老了，就要学习作诗，做不了爱了还可以作诗，连诗都作不了了，只有在家做饭了。听了我这话的男人都学习作诗了，你说好玩不好玩？

记得八十年代初，有位朋友每月工资五十元两角四分钱（跟我的工资一样），发工资之后五十元上交给"国库（老婆）"，两角四分钱留作零花钱，男人的其他开支全部实行预算管理，"一支笔"审批，一事一申请。那时一包燎原牌香烟两角五分钱，一碗牛肉面两角八分钱，男人啥也干不了，早出晚归都跟着老婆，买菜做饭洗碗，妇唱夫随，唯老婆马首是瞻，让许多女性嫉妒死了。朋友的老婆长得漂亮，柳叶双眉，杏眼樱唇，天然一段风流韵味，男人自然是爱惧交加，甘愿服从她善意的独裁，甘愿接受她霸道的温柔，甘愿被压迫被统治，压迫着并幸福着，让人同情，让人羡慕。

还有一位朋友，他的政治前途基本都是老婆家谋划的，当然也只有唯老婆之命是从，钱"粮"统统上交，实行国库集中管理，时时事事汇报请示，朋友不敢怒也不敢言。后来朋友奋起反抗，要确立男人的地位，结果是劳燕分飞、各奔东西。离婚前其老婆来找我，要我说句公道话，我说"悔教夫婿觅封侯"。

美国的富兰克林曾讲过一句很经典的话，他说，两个口袋空空的人腰挺不直。我认为两个口袋空空的男人腰杆更加挺不直。我为男人呼吁，给男人口袋里留点钱，随身携带，男人能够挺直腰杆，有面子，女人也有面子。

我是个喜欢简单生活的人。简单性与复杂性都是一种活法，庄子观鱼，鱼观庄子，一个复杂，一个简单，无可厚非。现代人活得越来越复杂了，人被数字统治着，身份在数字里，通讯在数字里，交流在数字里，财富在数字里，娱乐在数字里，亲朋在数字里。人被手机包围、切割，友人相聚，家人相处，各打各的电话，各发各的短信。讲台上老师或领导正在滔滔不绝讲得天花乱坠、云遮雾罩，台下的人却在各自的世界里短信交流，雅俗共赏，你疼我爱。人被网络包围，被汽车包围，被金钱包围，被各种卡包围。连小孩子也被这些现代化所捆绑包围，没有天马行空的遐思，没有童话梦想。一开始学习的就是这不能那不能。早早就学习世故权衡、理智计算，和大人一起忙着演算、判定走向实际利益的快捷途径。不断地交出生命中天然的美好元素和纯洁品质，换取成人世界的处世经验和生存技巧，就像一个天使不断掏出珍珠，去换取巫婆手中的玻璃球一样。一个人在茫茫人海中行动，就像"布朗运动"的一个分子一样随波逐流。但有人为了表明自己的非同一般，开着小车，听着音乐，看着风景，想着心事，拉着情人的手，还要接听手机，潇洒走一回。真是摸着老虎的胡须，享受刺激的生活。

事实上，人们创造了许多享乐的方法，得到了享乐的实惠，却并不感到幸福。人们为生活创造了许多方便，拥有快速的交通，拥有快速的通讯，拥有高级的住宅，拥有方便的食品，但是人却被预设的程序圈定，没有多少自由。泛滥的欲望挤占了人们的灵魂，匆忙的节奏占领了人们的时间，电视网络占领了人们的眼睛，蝇头小利奴役了人们的精神。形而上的思想和追求不见了，"闻鸡起舞"、"英雄凭栏"的形象不见了，追古思远的感怀不见了，"红袖添香，煮茶读书"的风雅和清逸也不见了。人们生活在一个渴望成功的时代，男人要"被人承认"、女人要"被人爱"，大家都要赶上发展的步伐，跟上快速的节奏。要上网交流，要视频对话，要网上购物，要网上理财，要行云万里去休闲，要疲惫不堪地度假，真是不知道到底要追求什么。

　　我喜欢简单生活，也相信简单。因而我在不断地简化生活，简化那些捆绑包围我的时髦物品，简化所谓时尚的生活方式，简化功利的人际关系。努力挤出一点空间，让我的灵魂能够安静；挤出一点时间、思考人生的意义，让我毫无顾虑、放浪形骸地行走在家乡的山水之间，体会那良辰美景。但是，无论如何简化，我也没有办法回到过去"赤条条来去无牵挂"的境界了，我还是要把钥匙、手机和钞票带在身上。

问世间情是何物

　　金末元初时期的诗人元好问有两句著名的诗句："问世间情是何物，直教生死相许。"这也是金庸小说《神雕侠侣》里的经典语言，是小说的主人公杨过和小龙女的爱情誓言——"生死相许"。人世间的情有许多种，有亲情，有爱情，有友情，也有热情、激情、豪情和恩情等等，元好问先生说的情应该就是爱情，就是男女之情，我这里说的也是这个男女之爱、男女之情。

　　要讲男女之情，就离不开性。所有动物都有两大本能，就是食本能和性本能。食本能是为了自身的生存，性本能就是为了繁衍后代。所有物种都有维持自身生存和传承后代的本能及义务。看看那些野生动物，为了自身生存，就要努力适应环境，不断进化，发挥自己的特长和优势，调动自己的智慧，狮虎勇夺，狐狸智取，蛇虫偷袭，蜘蛛张网，鹿羊奔跑，弱者伪装，各展所长。为了传承后代，各种动物都要奋不顾身地去决斗，迁徙，竞争，冒险，甚至甘愿去牺牲。为了传承后代，植物们也是千方百计，各显所能，许多显花木本植物都要先开花后长叶。生长靠"叶"，生育靠"花"。春天刚刚来临之际，就不失时机地繁育，无疑会为子代种实赢得一个最为充裕的发育时间，拥有一个最长的生长周期，必然有利于造就一个最为成熟、强健和具备先天竞争优势的子代。可见生存和繁衍后代是物种生活的最大动力，许多物种甚至把传承子代当做自己一生的最大要务和责任。

人是高级动物，是特殊动物，也是智慧动物。人类的"性"和其他动物一样，首先是一种本能。但人类的"性"又有更为深刻的内涵和更为精彩浪漫的情节。人类的"性"总是和"爱""情"纠缠在一起。人类的爱情经过黑夜的抚摸就能长出根来，也就是说"性"和后代能够维护爱情。人是一种没有情和性很难存活下去的生灵。人的情和性不受四季寒暑的限制，不受风云雨雪的影响，不受生育需要的约束，也不受年岁长幼的禁锢。随着人类的不断进化和发展，人的情和性已经不是单纯为了生育、传宗接代，而是需要，是生活，从性成熟的青少年期到老年都有需要。厦门大学一位教授在《百家讲坛》里讲人的性时说过："性是一种艺术，一种态度，一种能力，更是一种责任。如果不懂得性，也就不懂得生活的意义。"据说沈从文先生在追求他的学生张兆和女士的时候曾写信说："我不仅爱你的灵魂，我也要你的肉体。"那就是既要"爱"、要"情"，也要"性"，就是既要爱情又要婚姻、要肉体。最后沈先生如愿以偿，追求到了他的终身伴侣。爱情中如果没有"性"，也许不失神圣、崇高或凄美，但难免有"镜中花"、"水中月"的缺憾，难免有担了一个虚名的遗憾。能使男女两人终身厮守，肯定有性，也肯定有情和爱。艳遇能艳出灿烂的颜色，过日子也能熬出让人心动的情。

人类的情和爱是一个很难说得清楚的事，真可谓仁者见仁，智者见智。有两情相悦、至死不渝的美丽，有从一而终的坚定，有家国离乱的旷世恋歌，有两相厮守的脉脉温情，有一份情一份责的勇敢担当，有"只要你过得比我好"的神圣崇高，也有见一个爱一个的风流浪漫，更有"一夜情"的放荡不羁。

"问世间情是何物，直教生死相许。"元好问先生追问和赞美的"情"可能就是爱和情的最高境界，就是生生死死的相依相伴，就是至死不渝的不离不弃，就是从一而终的坚守，就是为情侣衣带渐宽、形容憔悴、痴情无悔，是爱和情的极致，爱到尽头，覆水难收，思悠悠，恨悠悠。这样的爱和情在人世间有样本，有记载，有真人真事。陆游的表妹唐婉"晓风干，泪痕残。欲笺心事，独语斜阑"，最后郁郁而死；石评梅面对"生如闪电之耀亮，死如彗星之迅忽"的恋人，一曲墓畔哀歌催人泪下，并紧紧追随，相从于天堂；尾生为爱而抱柱守信、葬身河水；普希金为爱拼死决斗，命丧剑下；杨开慧为爱意志坚定、英勇献身；梅志女士为爱坚守岁月，无怨无悔；金岳霖因爱一个已为人妇的女人，终身不娶；周文雍、陈铁军把刑场当婚礼殿堂，谱写了"爱"的壮丽乐章。这样的爱和情感动过一个个痴男怨女，启示过一个个文人骚客，激励过一个个边关将士，吸引过一个个天涯游子。这样的爱和情尽管幼稚、天真，甚至冒傻气，但不失瑰丽、凄美和动人。创造这样的爱和情的人就是情种、情痴、情圣，让人崇敬，让人赞叹。然而，这样的爱和情虽然极为感人，极为动心，极为精彩美丽，但它更多地存在于金庸的小说《射雕英雄传》《笑傲江湖》中，在琼瑶的小说《聚散两依依》《庭院深深》《月朦胧鸟朦胧》中，在《红楼梦》林黛玉的题帕诗里。这样的爱和情更多地存在于神话故事和民间传说中，牛郎织女鹊桥相会，梁山伯祝英台化蝶相随，白蛇许仙人妖相恋，虞舜妃子娥皇、女英湘江殉情，湘妃竹上泪痕点点，孟姜女用爱的泪水哭倒了暴君的金汤防线。这样的爱更多地存在于戏剧《人面桃花》《牡丹亭》《游西湖》《桃花扇》和《霸王别姬》里；更多地存在于古诗《孔雀东南飞》里，分别时"举手长劳劳，两情同依依"，最后再不能长相厮守了，一个便"举身赴清池"，一个就"自挂东南枝"了。真情谁与共，生死可相从。英国学者弗兰西斯·培根说过："爱情在舞台上，要比在人生中更有欣赏价值。"在小说中，在神话故事中，在民间传说中，在舞台和诗文中的爱情往往是高于生活的，在现实的世俗生活中会越来越少，越来越稀罕。正是因为稀罕才成为永恒的经典，让文人不停地赞美，让诗人不断地歌颂，让梨园不停地演唱，让民间不停地传说，让有情人不断地叹息。

随着人类社会的不断发展和不断进步，人类的爱情观也在与时俱进地变化，表现出时代化、多样化、多层次、多标准的趋势。

早在东周列国时代，爱和情已经不是以"专一"为标准了。《诗经·褰裳》曰："子惠思我，褰裳涉溱。子不我思，岂无他人？狂童之狂也且。"意思是说：你要是爱我，就提起裤腿渡过溱水来找我。你要是不爱我，难道世上就没有其他人了吗？你个狂小子狂啥呢？可见，那时男女恋爱已经是多元化的标准了，爱不成公主还可以爱宫女嘛！为什么非要在一棵树上吊死呢？

宋代的苏东坡不仅是一位词圣、文豪，还是一位真性情的男子汉。他并不是唯一专情的情圣。他曾有过三任妻子，但对三个妻子都是情深意切。他的第一任妻子王弗，与他生活了11年后病逝，他在她的坟地周围亲手栽了三万株松苗，并在十年后为王弗写下了那首催人泪下、痛断肝肠的《江城子·乙卯正月二十日夜记梦》："十年生死两茫茫。不思量，自难忘。千里孤坟，无处话凄凉。纵使相逢应不识，尘满面，鬓如霜。夜来幽梦忽还乡。小轩窗，正梳妆。相顾无言，惟有泪千行。料得年年断肠处，明月夜，短松冈。"苏东坡的第二任妻子是王弗的堂妹王闰之，是进士之女，有才有貌，甘心情愿做了填房。25年后王闰之又病逝了。苏东坡坚决实践自己的誓言，与王闰之"生则同室，死则同穴"。苏东坡第三任由小妾扶正的妻子朝云病逝后，他坚持不再婚娶，并给她写了一副情义深厚的悼念对联："不合时宜，惟有朝云能识我；独弹古调，每逢暮雨倍思卿。"尽管苏东坡的妻子基本都是短命，但后世的不少女人仍然想嫁给他这个才情非凡的男人，有位作家写了一篇文章，文章名称就是《来生便嫁苏东坡》，让人既为苏东坡感动，也为这位作家感动。

《泰坦尼克号》的故事是现代爱情的经典版本，影片通过男女主人公从船尾到船头、由头等舱到三等舱的一场世纪之恋，告诉世人的不是终生之约、生死相许、殉情追随，而是郑重承诺：好好活下去。全片最令人震撼和感动的，并不是船的轰然断裂，而是男主角浸在冰海中，让恋人躺在浮木上，并要她亲口许下诺言：一定要好好活下去，活到一百岁！最后女主角毫不犹豫地把已经冻死的恋人的手从木板上掰开，让他沉入海底，她自己毅然登上救生艇，实践她曾许下的诺言。

1925年10月，27岁的许广平握住鲁迅先生的手，将自己交给这个男人。鲁迅以师生关系、年龄悬殊、家有结发妻子等为理由，犹豫不决，认为不相称。许广平说："神未必这样想。"多么精彩的一句话，神会想那么多世俗之事吗？神会为爱和情设置那么多的樊篱吗？半晌，鲁迅说："你战胜了。"情和爱战胜了世俗道德。两个恋人留下了一本恋爱记录——《两地书》和一段爱情佳话。鲁迅是至死也不饶恕某些人的人，也是以冷峻著称的文化英雄，但在爱和情面前仍然屈服了，英雄无奈是多情。他有两句诗："无情未必真豪杰，恋子如何不丈夫？"很精彩，也很感人。

台湾的著名文人李敖，可以说是个见一个爱一个的风流情种。他要爱一个人就爱得轰轰烈烈、淋漓尽致，不爱了就分道扬镳。他的诗就是这样写的："花开可要欣赏，然后就去远行；唯有不等花谢，才能记得花红。""有情可要恋爱，然后就去远行；唯有恋得短暂，才能爱得永恒。"许多女人都知道他的风流，知道不可能向他这个人托付终身，但仍然如飞蛾扑火一样往他身上贴，即使是"一夜情"也感动得泪流满面。唉！情种就是情种，做鬼也风流，不服不行啊！

1937年，才女张爱玲上中学时在调查表"最恨"一栏填的是"一个有天才的女孩忽然结了婚"，后来一见胡兰成，就把那"最恨"丢到九霄云外，不顾一切地扑向这个并不可靠的男人。

还有文怀沙先生，"平生只有双行泪，半为苍生半美人"。而风流才子郁达夫则是"曾因酒醉鞭名马，生怕情多累美人"。

常言说：爱美之心人皆有之。两千多年来，人们不断地赞美"坐怀不乱"的柳下惠是个真君子，面对眼波流转、顾盼生姿的美女毫不动心。台湾的马英九却真诚地说："美女坐怀我也会乱，所以我能做的就是尽量不要让美女坐到我怀里。"

培根说爱情："有时像那位诱惑人的魔女，有时又像那位复仇的女神……爱情不仅会占领没有城府的胸怀，有时也能闯入壁垒森严的心灵。"

爱和情确实是一件很难说得清楚的事情。但可以肯定地说，爱情是伟大的，是神圣的，也是有魔力的。美丽的爱情是对天地造化的缠绵呼应，爱情的甘露能够浸润枯竭的芳心。男人爱用眼睛看世界，最易受美的诱惑；女人爱用心想男人，最易受心的折磨。诱惑和折磨人的就是爱和情。艺术把人诗化，爱情却能把人神化。爱情的极端是痴，思想的极端是疯。爱到极端的就是痴人，虞姬、唐婉都是痴人；想到极端的就是疯子，苏格拉底、尼采都是疯子。爱情可使荒芜变成繁荣，使平庸变得伟大；爱情也能使理智变成傻呆，使理性处事变成感情用事，以致许多男男女女用青春赌明天、用真情换此生。恋爱中的男男女女只有爱和情，没有什么理可讲。爱整个世界也未必比真正爱一个人重要，爱整个世界是一种泛爱，真正爱一个人是真爱、苦爱。真正爱着一个人，才有花前月下的美景，才有细雨飞雪的心情，才有阳光灿烂的笑靥，才有精彩靓丽的表演。至情至性的人才有真爱。世上从来没有平庸的爱情，有的只是平庸的爱人。爱是一种无法替代的感情，是超越功利之上的两颗心的热烈融合，是需要细细品味的灵魂的音乐，是不需要任何理由的，也不需要任何门槛的限制。爱情的藤蔓可以越过任何篱笆而纠缠在一起。爱就是不问值得不值得，爱情经不起追问。你可以强迫一个人做某一件事，却不能强迫他爱一个人。世间值得追求的东西很多，唯有爱情是必须真心相爱，才能尝到它的美妙滋味。有个女孩曾痴痴地说：世上什么都可以忍耐，唯独爱不能忍耐。爱情是一条不归的河流，有时风和日丽，有时惊涛骇浪。人类之所以伟大，他不仅具有所有动物的"性"，可以传承后代，更为重要的是他具有"爱"和"情"。《白蛇传》的戏剧故事之所以常演不衰，百看不厌，就是那一段美丽奇妙的爱情故事让人们魂牵梦萦。神仙也要放爱一条生路，把仙草送给白云仙。法海和尚由于破坏爱情，便永远遭受世人的鞭挞和谴责。破坏真爱情的人永远都是被谴责的对象，如《孔雀东南飞》里的那个婆婆，唐婉的那个婆婆，《梁山伯与祝英台》里的那个员外，《牛郎织女》里那个可憎的王母娘娘，还有《红楼梦》里的贾母、王夫人、王熙凤等那几个面目可憎的女人，都是破坏真爱真情的元凶巨恶。有人认为：一个男人，如果没有和另一个男人好好打一架，没有好好地酒醉一回，没有痛痛快快地爱一场，将会遗憾无穷！男人如果没有爱，赢得了整个世界又怎样？许多人心中都有一个小宝盒，里面珍藏着一段回忆，一缕相思，一种情愫，甚至是难以言传的隐痛。那里面有花前月下相会的记忆，有歌舞升平中欢乐的记忆，也有在静静的小河边悠悠漫步的记忆。

如今是市场经济社会，市场经济讲究的是商品交换法则。如今的男人，权势熏天的霸占女人，财大气粗的包养女人；如今的女人，有美色的迷惑男人，有心眼的捕捉男人。在这里更多的是权衡计算和估价交换，权色交换，钱色交换，很难见到红袖添香的温情和煮茶读书的浪漫，有多少情和爱谁能说得清楚，尔虞我诈的功利场没有情，灯红酒绿的喧嚣场也没有情。

《圣经》里给爱的定义是"恒久忍耐"。爱情是一种特殊的感情，这种感情会似海浪一样汹涌而来，又会似风暴那样悄然而去。患难之中的爱和情十分珍贵，但要在安乐生活中检验，有时候患难过去之后，爱也就过去了，因而爱和情需要在风风雨雨中维护和营造。爱情的天敌是时间，是岁月，要战胜时间和岁月，就要有忍耐，就要有奉献精神，就要无怨无悔，既要有激情还要有温情，爱心悠悠，温情脉脉。聪明也是爱情的天敌，爱就要爱得傻一点、糊涂一点，不能太清醒了，也不能太精明了，为君沉醉又何妨，只怕酒醒时候断人肠。爱情经不起计算，爱情是艺术，结婚是技术，离婚是算术。要诗意地生活，就不能把艺术变成技术和算术，只有技术和算术的生活总是不够完美的，"纵然是齐眉举案，到底意难平"。有活力的爱和情，需要适度的殷勤来灌溉，不浇灌的爱和情会逐渐枯萎的。爱情变得平淡了，生活就变成一种习惯了。

爱是有责任的。爱一个人，就要呵护她（他），就要承受她（他）命运的坎坷。爱是一种牵挂，牵挂她孤独的长夜，牵挂她多变的心事，牵挂她娇弱的身体。爱和情更需要担当，好男人是女人疲乏时的一座靠山和危难时的一把保护伞，好女人是男人饥渴时的一捧甘露和远航归来的一方港湾。好男人就要担当靠山和保护伞的角色，让女人感到安全、踏实、快乐；好女人就要担当甘露和港湾的角色，让男人感到温暖、舒适、轻松。"人生韶华短，江河日月长。"雨果说得好："爱就是行动。"有情了就勇敢地去爱，来一次彼此都兴高采烈的纵情宣泄，爱得不同凡响，让一朵杜鹃蔓延出一片火红的山谷。有爱有情了也要勇敢地担当，担当那风霜雪雨里的刀光剑影，担当风雨人生里的多灾多难。

佛说，修五百年方能同舟，修一千年才能共枕。在大千世界里，在芸芸众生里，能够在一起缠缠绵绵同床共枕的有情人，不论时间长短，不管什么形式和名分，都是千年之缘、千里之缘，是几生几世修来的缘分，瞬间就是千年。《泰坦尼克号》的爱情故事就是短暂的永恒，那部故事片的主题歌就是《我心永恒》。因此，每个人都应该珍惜这千年千里时空的缘分，正如有一首歌里唱的："世上情多，真爱难说，一时欢笑一时寂寞，有缘无缘小心错过，一世相伴最难得。"应该说有情缘，能相聚，一时相伴也难得。问世间情是何物？谁能说得清楚，谁能讲得明白。

2013年2月

亲情片段

一个偶然的机会，见到失去联系四十多年的表妹芳芳，心潮难平，我产生了写一写亲情片段的莫名冲动，记录那些尘封岁月深处的记忆。我要写芳芳，写小姑，还有大舅等，更应该写写母亲。但一想到母亲，以及其后的许多惨痛的记忆，我就不敢回首，不忍回顾，不想再翻出那些永远的痛楚给别人看，给自己读。母亲去世已四十多年了。我高中毕业之后，就跃跃欲试地动过笔，想把母亲的为人、品德、智慧以及去世时家人痛悼的情景记录下来。结果发现自己没有这个能力，没有那种对生活和生命的理解能力和表达能力。写出来的东西除了家人的眼泪还是眼泪，真正有价值的东西并没有表达出来。这不是家人希望的，也不是母亲需要的。人们都知道，人有痛处，最好的爱护就是不去碰它，不要反反复复地去触及，不要时时刻刻地去"关心"。因而，从此之后我就把这至痛的记忆埋在了心底，密封在灵魂的最深处，轻易不忍去翻动。如今我已到耳顺之年了，母亲的家孙外孙都已长大，绝大部分上了大学，有了工作，大部分在兰州工作。有的已结婚、成家、生子，第一个重孙子已经三岁了。2010年冬天，我们兄弟姊妹共同为父母亲立了墓碑。2012年立春之日儿孙们都到故里寻根祭祖，目的就是要让他（她）们记着故里，记着祖先，缅怀故去的亲人。但对逝去四十多年的母亲，儿媳妇、孙子们都没有任何记忆，因为那时她们还不是家里的成员，孙子们还没有出生。如果我不把我杰出的母亲写下来，不把母亲诚实公正、聪明睿智、勤劳勇敢、世事洞明、人情练达的精神和品德记下来、传下去，继承和发扬，我就对不起母亲坚持让我读书的那份期盼之情。母亲坚持让我读书，病重的时候也反复叮咛不要轻言放弃。她没有读过书，并没有期盼儿子寻找书中的"黄金屋"和"颜如玉"。她就是要让我识文断字，长本事，明事理。因此，写写母亲，把母亲的精神遗产给子孙们传下去，是我的责任，是我要给后辈的一个交代，也是我对母亲的唯一报答。

芳 芳

端午节小长假，我回故乡参加小姑的儿子（表弟）的婚礼。在婚礼宴会上，一位似曾相识的妇女笑眯眯地跟我打招呼。我愣了片刻脱口而出："你是芳芳？是芳芳吗？"她说："我是芳芳。"我说我们好像已有七八十年没见面了。她笑着说："我们俩才六十岁，怎能七八十年没见面？"我说那就是上辈子见过的，是前世里见过的。

芳芳是我大姑的女儿，和我同年出生，不知月份谁大谁小，我总是认她为表妹。大姑家距我们家有四五里路程，隔一条河沟。记得五岁左右的时候，我去过她们家。她们家坐西朝东住在一个山坳里。晚上一轮明月从对面山头升起来，很大很亮很美，我们就拍着手跳着脚喊："月亮月亮光光，把羊赶到梁上。"因为我们家坐东朝西，看到的最美最亮的月亮往往是落月，故而对在大姑家看到的东升圆月印象非常深刻，至今萦绕心头。那时的芳芳活泼可爱，笑靥如花，每天都是甜甜地笑、野野地玩，无拘无束。我们在一起玩得很开心，有那么点"同居长千里，两小无嫌猜"的味道。那是我对大姑家和芳芳的最早最美好的记忆。1960年的大饥荒，只有三十来岁的大姑姑、姑夫都被饿死了，留下姐弟两个冻饿待毙的孩子。姐姐就是芳芳，被二姑收养，弟弟被其本家叔叔收养。从此之后，我再也没有到过隔河相望的大姑家的那个庄子，芳芳这个名字也就尘封在我五十多年前的记忆深处了。那是不堪回首的记忆，那是不忍履足的地方。芳芳到二姑家之后，好像更名叫琴儿，我在二姑家也见过，二十岁前就出嫁到几百里的外县，漂流异地他乡了，至今约有四十多年没有见过面了。

两年前，芳芳的儿子结婚，她跋涉几百里路，来请舅舅家的人吃宴席喝喜酒，追寻遥远的根脉，接续中断的亲情，为孩子寻娘舅，为自己撑面子。我小姑、弟媳和大妹一起前去恭贺。每人只搭了一百元的贺礼。芳芳却给三个娘家人全部支付了车费，每人一件衣服，每人一箱苹果和花椒等土特产，直到拿不动为止。娘舅家的人来了，芳芳高兴得像小孩子一样，彻夜不眠，促膝长谈，朗朗的笑声里掺杂着点点热泪。分别的时候，她一路送到车站，送到车上，执手话别，恋恋不舍，情切切、泪潸潸。据弟媳们说，芳芳一家生活在秦安县的一个村庄，她和丈夫都是实诚勤俭的庄稼人。丈夫为人厚道、勤快、聪颖、活泛。夫妇二人互敬互让，一心一意谋幸福、过日子。他们生有两个孩子，一儿一女，现在也是儿孙绕膝。家里除了种庄稼，还种果树、花椒等经济作物，孩子还打工挣钱。得益于改革开放的好政策，芳芳家不仅脱了贫，还有粮有钱，可以称得上家道殷实生活富足了。一家人是父母慈爱，子女孝敬，和和顺顺，其乐融融。

今天的一声"芳芳"，唤回了我半个世纪的童年旧梦。想当年，正当盛年的姑姑、姑夫，竟然被活活饿死，真是"途穷天地窄，世乱死生微"。看今日，大姑的孩子靠勤劳的双手和诚实、扎实的精神，把小日子过得红红火火，让人感慨万千。想当年，亲戚们轻易不敢走动，走亲戚的人手里没有可拿的"礼物"，带几个馍馍都没有。待客的亲戚家徒四壁，没有像样的食品招待，你可怜我可怜，你我都可怜。为生计奔波的时候，人们连自己的生命都保不住，哪能顾得上亲戚，走亲戚自然就淡漠了。看如今，中断百年的亲情在接续，相距千里的亲戚在寻根，连苦命的芳芳，如随风飘零的蒲公英一样的芳芳，也寻到了祖辈的根，接上了舅舅家的亲。我也衷心希望芳芳一家平平安安地享受这盛世的繁华，再不要遭遇幼年的灾难。

小 姑

　　2012年端午节期间，小姑的儿子结婚，在县城的大酒店摆了几十桌酒菜请客。客人有来自省城的，有来自临县的。家乡的亲友都是租用专车接送。四乡八镇，七姑八姨，齐聚县城。上至七八十岁的老者，下至五六岁的幼童，身上都穿着新款的衣服，脸上洋溢着灿烂的笑容，浩浩荡荡、风尘仆仆地前来赴宴。如今办婚宴，在大城市都是赚钱的营生，礼金每人都在二百元左右，有的还更多。而在我的家乡农村，礼金一般是二十元至五十元，而县城一桌酒席少说也要五六百元。因此在县城办婚宴，加上接送车辆的费用，肯定要倒贴不少钱。小姑贴钱在县城办婚宴，不图别的，就是图个高兴，图个快乐，说明改革开放的政策使农民衣食无忧，生活美满，也表明了人们内心的充实和对盛世的赞同。在婚宴上，小姑、姑夫都穿上了戏装，画着花脸，迈着方步，粉墨登场，领受儿媳的跪拜，接受亲友的祝贺，开心的笑容不掺一点虚假，好像人世间幸福的事莫过于此。

　　小姑生于1957年，与我弟弟同龄，一岁时就赶上了大跃进的年月。我的爷爷奶奶、父亲母亲每天都要早出晚归，去鼓干劲、争上游、多快好省地搞建设。母亲每天蒙蒙亮就起床在灶火里烧一个鸡蛋，剥皮之后，从头上拔一根头发，把鸡蛋一分为二，小姑和弟弟一人一半。我当时已算是大孩子了，自然没份，只能眼睁睁地看着流口水。当时我把母亲烧鸡蛋的过程和情景记得非常清楚。上世纪六十年代初我上小学的时候，家人要给我做早饭（中午不能回家）。早饭做熟后，灶中再不需要添柴火了，我就偷偷拿一个罐子里的鸡蛋，外面包一张纸，在水缸中浸湿，埋到灶中的灰烬里，等到吃完饭我就把手伸到灶里，把烧熟的鸡蛋装到书包里，在上学的路上吃了。偷吃鸡蛋的事我总是隔几天才做一次，聪明的母亲作为一家之主，自然发现鸡蛋少了。但由于一大家子人，不便声张鸡蛋被偷的事。一次早饭做熟，我将鸡蛋刚放到灶中，母亲突然要我给灶中添柴火，拉风箱。结果一添柴火拉风箱，鸡蛋就炸成碎片。这次偷吃鸡蛋的阴谋不仅没有得逞，更为严重的是，母亲在掏灶灰的时候发现了破碎的鸡蛋皮子，母亲知道这肯定是我的"杰作"，不用拷问，我就如实招供了。

由于小姑和弟弟年龄小，没有体会也不晓得大跃进那如火如荼的岁月和那些离奇荒唐的故事。但三年困难时期，她们实实在在地赶上了，经历了，也刻骨铭心地记住了。记得那时候小姑和弟弟都用一样大的麦秆编的碗，每顿喝汤，汤都要漫过碗边，否则他们两个就要哭闹，说汤没有舀满，是半碗。每次弟弟哭闹，母亲哄一下就好了；小姑哭闹，奶奶没有那个耐心，就下狠劲地打，小姑就在地上来回蹬腿，两只脚的外踝骨在地上也磨破了，鲜血直流。后来我一直想不通，一个三岁的孩子，喝一满碗菜汤的要求并不过分，这都不能满足，那是一个什么样的年月啊！

小姑十三岁的时候，我母亲积劳成疾，去世了，奶奶年近六旬，又是小脚，照顾不了一大家子人的衣食生活，家里就打发哥哥到现在的平川区种田乡，将在三姑家看孩子的小姑接了回来，帮助奶奶照料一家人的生活。母亲去世时，我大妹八岁，小妹只有六岁，是小姑帮助奶奶带大了两个妹妹。这次小姑的儿子结婚，小妹一下子搭了一千元的礼金。她说我是小姑带大的，我永远记着小姑的情义。小姑十八九岁就出嫁了，婆家距我们家五六里路。那还是"宁要社会主义的草，不要资本主义的苗"的"文革"期间，她的婆家也一样穷得一无所有，吃不饱，穿不暖，低矮破旧的茅草房，又低又黑的破窑洞。小姑认命，在生活的底层，只能服从命运的摆布，服从荆棘一样的生活现实。琐碎的光阴流水无痕，苦痛的日子铭刻在心。也是得益于改革开放的春风，当时我们家乡公社的唐书记，冒着风险率先在全公社搞了"包产到户"，一年就解决了农民的吃饭问题，从而拉开了全县乃至全省"包产到户"的序幕。从此以后，小姑一扫脸上的愁容，经常笑呵呵的，乐观中也不乏幽默。经历了风雨的磨难，方才显示出生命的本色。今年小姑要娶儿媳妇，亲家一张口就要财礼四万八千元，小姑的两个已出嫁的女儿每人出一两万元，她再把家里的积蓄拿出来，不用借债，礼金一次付清，真是痛快淋漓、豪气冲天。

我们兄弟姊妹永远记着小姑的好处和情义，将小姑既视作长辈，又情同兄妹。我每次回家都要把小姑和姑夫叫来，一起做饭吃饭，一起猜拳喝酒，一起唱秦腔，一起聊家常。我要给他们家一点钱，资助他们的生活，同哥哥、弟弟、妹妹家一样，家家有份，一视同仁。我们的老宅，一个上百年的老院子，永远是兄弟姊妹们的归宿，也永远是小姑的娘家。家里有难事了她来，家里有喜事了她来，家里有忙事了她照样来。那是剪不断的亲情，也是拆不开的友情，更是风雨人生里熬出来的感情。

小姑没有上过学，不能识文断字，没有读过唐诗、宋词、汉文章这些经典。她不知道秦汉唐宋，不知道诸子百家，不知道"形而上"的道和"形而下"的器，不知道"英特纳雄耐尔"是什么意思。她就是中国大地上生活的一个地地道道的农民，就是一个以原始方式用体力搏命的"草根"阶层的人。她搞不清几年能"大跃进"赶英超美，弄不懂如何去解放三分之二被压迫、被剥削的人。她不关心权贵用权，贪官敛财，官僚误国，学者作假。她心平气和，知命知足。她只希望天下太平，社会稳定，没有战争，没有动乱。"宁做太平犬，不做乱离人"。她希望一分汗水能有一分收获，希望党的富民政策永远有效，希望这衣食无忧的日子稳稳定定，长长久久。

大　舅

大舅今年76岁了，身体还算硬朗，精神也不错，还是闲不住，起得早，睡得晚。庄稼地里的活要操心，家务活儿要操心，孩子们的上学、工作要操心，家孙、外孙也要操心，还有重孙子更要牵挂。反正他就是操心的命，不操心就觉得浑身不舒坦。从乡农技干部的岗位上退休之后的十多年里，大舅仍然没有闲过，老母亲要他侍候，老伴要他关照，兄弟姐妹间要他周旋，孩子们要他关心教育，孩子们的孩子还要他照看，村子里台面上的事还要他出面协调，主持公道。劳累着，操心着，辛苦着，可也充实着，快乐着，苦中作乐。苦就是一种人生境界，这就是大舅实实在在的生活，这就是大舅丰富的人生。

大舅出身于一个家境比较富裕的家庭，当时家里有许多土地和牲口，有许多粮食，银元也肯定不少。外爷（外公）有亲兄弟二人。外爷在家族中排行老五，我们就称外爷；他的弟弟排行老六，我们都称六外爷。外爷没有读过书，是个地地道道的农民，对历史上的事、当时社会的发展走向可能也知之甚少。六外爷却是个读了不少古书的文化人，不仅识文断字，还能识地理、观天文、通历史、知兴替、懂时政，很有见地。外爷和六外爷分家之后，外爷就穿绸缎，吃酒肉，吸大烟，贪图享受，挥霍家财，到新中国成立后土地改革的时候，外爷家的土地就少了很多，大部分财产都吸到烟管里冒成烟了，因而确定成分的时候只定了个"中农"成分。因祸得福，后世子孙们，包括我们这些外孙们在内，在升学、工作中都没有受到任何影响。这就是一个文盲农民给后代留下的"遗产"。外爷自己一辈子也是父慈子孝，家庭和睦，有福有寿，顺顺当当，风风光光。而六外爷耕读传家，勤俭持家，勤劳致富，积累了不少家产，土改时自然就定成了"地主"成分。再加上六外爷读过书，能看出社会的问题，难免要发议论、发感慨、诉不平。因此每次运动他都是重点对象，挨批斗，进学习班，干脏活累活，受折磨，孩子升学、工作都受到严重影响，自己一辈子都非常坎坷，非常悲惨。外爷一生顺当，是因为他没有读过书，他也不主张孩子读书，特别是不赞成女孩子读书。外爷的六个女儿，除了小姨读了个小学之外，其他的全都是目不识丁的文盲。小姨也因为只有小学文化程度，在上学和职业选择上受到了致命的限制，以致小姨的一生也非常坎坷。六外爷一生坎坷，是因为他读过书，有文化，有见识。常言说"书中自有黄金屋，书中自有颜如玉"，读书能改变命运，"知识就是力量"。但对六外爷来说，书中只有苦和难，书中只有汗水和泪水，读书没有给他和孩子带来任何好处。

虽然家境比较好，大舅小的时候也没有进学堂读过书。新中国成立后，十六七岁的时候他才上了个扫盲班，认了些字，也算有了一点文化底子，就是这点文化底子，才让大舅的一生如芝麻开花，节节升高，丰富多彩。可见读书还是很有好处的。大舅虽然没有读多少书，但他勤于自学，勤于思考，能写能算，能看报学文件，能背诵剧本。就是靠着这点文化基础，他在生产队里能当最好的会计，在大队里能当十分称职的文书，在公社里能当最好的农业技术员，能当称职的吃"皇粮"的国家干部，在戏剧舞台上他是当地最好的旦角、青衣，也是人人称赞的须生。

大舅为人正派，天性温厚，本质善良，胸襟开阔，有正义感，有同情心，见利不忘义，见隙不投机，见财不起贪心。他在生产队当会计的时候，记录详细，账目清楚，给分公平，扣分有据。每年生产队的年终决算是考验会计的时候，考验的就是基本功，就是才智。大舅的账目最清楚，社员群众非常放心。决算速度也很快，群众拥护，公社和大队的领导干部都比较赏识。记得"文革"前后，由于某种原因，大舅不当生产队的会计了，队长就让大舅去油坊榨油，当"油官"。那是大舅比较落魄的一段时光。结果大舅榨油出油率特别高，让许多老庄稼人都刮目相看，不得不佩服。其实原因很简单，一是大舅干一行，爱一行，精通一行，能够干好一行；二是大舅为人诚实守信，公心多，私心少，不拿公家一两油，不浪费一两油，不占公家的一点便宜，当然出油率就提高了。正是由于大舅有这些诚实厚道的美德和聪明睿智的特点，他被公社推选为大队文书，掌大印，写汇报，写材料，抓决算，统计粮食产量，督促农田基本建设，认认真真地当起了大队"干部"。

七十年代中期，大舅被公社推选为"农业技术员"，那是大舅事业的一个新起点。大舅当农技员时，已接近四十岁的年龄了，对于一个新到岗的人来说，已经不年轻了。大舅之前的一位农技员只有二十岁左右，年纪轻，经历少，没有读过书，且涉世不深。他始终没有把握住不拿工资的"农业技术员"这个角色的关键和要领，平时总是收拾得干净利落，成天跟在公社领导后面，检查工作，督促农业生产，一身土、一身泥、一身汗水的农民总是对他敬而远之。大舅从来都是朴实无华的风格，从来没有轻浮的举动，没有得意忘形的时候。当了公社农技员之后，大舅更是老谋深算，一改过去农技员"干部模样"的形象，经常一个人扛一根测量梯田的标杆，裤腿挽得高高的，戴一顶旧草帽，脸面晒得黑黑的。他几乎是每天一村一村地走，一山一山地翻，一块地一块地测量，"来也匆匆，去也匆匆，就这样风雨兼程"，"远看像个要饭的，近看像个背炭的，一问才知道是农技推广站的"。到田里后，大舅经常将一双布鞋或球鞋脱在地边，打着赤脚奔走在田间地头，测田量地，画线计算，认真指导和推动农田基本建设。亲自示范指导推广农作物新品种，推广地膜覆盖技术等，指导农民种好粮食，帮助农民努力过上好日子。大舅样样农活都是行家里手，种庄稼、养猪、养牛、养羊都有亲身的实践，在指导农民种植和养殖等方面，既有现学现卖的新技术，又有丰富的老经验。不适宜当地推广应用的技术，他都要认真研究和思考，提出自己的看法和想法，尽力防止给农民造成经济损失，防止给党和政府的脸上抹黑。农民都把他当成朋友看待，公社领导也对他十分信任和赏识。可以说，大舅践行了一个农业技术员的真正使命，诠释了一个农业技术员的准确含意。

正是由于大舅的认真负责，兢兢业业，一丝不苟，表现出色，他赢得了领导器重，群众拥护，也算是"天道酬勤"。上世纪八十年代中期，接近五十岁的大舅，出乎意料地被转正为国家干部，吃上了"皇粮"，拿上了国家干部的工资，真可以说"功夫不负有心人"啊！他真诚地感谢共产党，感谢新时代，感谢改革开放的好政策，感谢重视农业技术和农田水利工作的各级领导。大舅很现实，也很扎实，从来不会好高骛远，不会吹牛皮、说大话，不会"这山望着那山高"。转正之后的大舅，仍然和过去一样，谦虚谨慎，不骄不躁，勤勤恳恳，一丝不苟地指导农民种植、养殖，是典型的"龙马精神"。他仍然是风里来，雨里去，风尘仆仆，任劳任怨，"一路上的好风景也没有仔细琢磨，回到家里还照样……"

大舅在转正之前是拿工分的农业技术员，没有一分正式工资。每到一个村庄，都是吃生产队的"派饭"，也就是吃"百家饭"。他是最好侍候的公社"干部"，从来不挑食，从来不讲究，没有任何坏毛病，人家做什么他就吃什么。有茶喝茶，没茶喝水。他干活舍得出力气，吃饭也从来不含糊。饭菜有好有差，他就挑好的吃；没有好的，差一点的饭菜也照样吃得津津有味，高高兴兴，决不因挑食而饿肚子。在我们家乡有个风俗，在主人家里吃饭，如果主人家将吃饭锅敲得响了，就表明饭锅里没饭了，客人就不好意思再吃了。可大舅不论走到哪里，不论遇到什么情况，都不管那些。不管你是有意还是无意地把吃饭锅敲得叮当响，他也要自己吃饱，不能饿肚子，"人是铁，饭是钢，一顿不吃饿得慌"，吃好了不想家呀！吃好了才能进田下地好好干活呀！其实大舅的人缘好，待人实诚，很少遇到敲吃饭锅的情况，偶尔听到了那也一定是无意的。因此他不论走到哪里，都能吃上饭，饿不了肚子。

据说大舅和同事们每过一段日子，肚子里没有油水了，就要大家共同商量，共同出钱卖几只鸡，炖一锅鸡肉来犒劳自己。每次吃鸡肉的时候，大舅总是吃得最快。他每次吃鸡肉，先吃大块肉，"食之无肉，弃之有味"的鸡肋等细骨头都留在自己碗里，等到大盘子里的鸡肉吃完之后，大舅才细细地品尝这让三国才子杨修丢了性命的"鸡肋"的味道。同事们就笑着打趣说，老贾不仅过去比我们多吃了几碗饭，多吃了几把盐，现在一把年纪了，论干活，论吃饭，他照样不落人后。我们这些人在一起，如果遭遇严重的灾荒之年，若有一个人饿不死，那一定就是老贾了。

大舅是家里的长子，事父母至孝，外爷、外奶奶最器重他，最信赖他，也最依赖他。他是外爷和六外爷这一根脉的核心角色，是拿主意的人物。我母亲是他们兄弟姐妹中的老大，大舅是母亲的大弟弟。母亲特别赞赏大舅，赞赏他的聪明、睿智、公正、善良。母亲经常为大舅骄傲，为大舅自豪。在这样一个大家庭里，大舅总是忍辱负重、与人为善、温和敦厚，表现了长子的胸怀、长子的能力、长子的厚道、长子的宽容。父母的话要听，对的、错的都要听，都要迁就；姐妹兄弟们也要迁就，不论是与非；老伴身体不好，也要迁就和照顾；对子女也要迁就，子女不听话，不长进，他也并不严厉责罚；对孙子辈更是宠爱有加，娇生惯养。他要干公家的事，要干庄稼地里的活，要照顾老人，还要喂牛、喂猪，下厨房做饭。

他就是觉得，家是讲情、讲爱的地方，亲人之间就是互相关心，互相爱护，互相帮助。家是充满呵护的地方，家是没有伪装的地方。家不是一定要讲理的地方，不一定要坚持几项基本原则。他想营造一个家的美丽童话，他也始终坚持这个原则。因此大家都拥护他，尊敬他，没有人说他的坏话。美德有时也会变成缺点，因此大舅的良好愿望常常事与愿违，往往让他非常被动，甚至十分难堪。老人不畅快了，甚至不讲理了要他排解，要他安慰；孩子们任性、不听话了甚至惹了是非，也要他化解，甚至向他人道歉；姐妹兄弟互相受了委屈，也要他出面调和，还往往落下"没原则，和稀泥"的埋怨。谁有委屈都要向他诉说，甚至可以把气撒到他身上。他是家里最感性的，也是最孤独的，无人理解，无人体贴，无人安慰。重感情就难免软弱，求完美就难免遗憾，难念的"经"自己念，难唱的"曲"自己唱。因此，他孤寂的时候，对月叹息；开怀的时候，对酒当歌；因此他唱戏的时候，每唱到苦音唱段的时候，就戏里戏外感同身受，如泣如诉，诉说一曲又一曲人间衷肠，倾诉一段又一段悲喜交加的苦乐年华。他常说，我是一肚子苦音啊！这是心里话，也是无奈的自嘲。

常言说得好，朝廷有法，江湖有义，社会有理，家庭有情。大舅在家里讲的是"情"，在村子里，在社会上就是讲"理"，在公事上讲的是"法"，讲的是规则、原则。串演什么样的角色，处在什么样的位置，就用什么样的标准，这就是大舅视事衡物的基本准则。在家里用的是"内部"标准，在社会上用的是"社会"标准。因此，大舅对公家的事从来毫不含糊，从来都是按规则办事。管油坊的时候，出油多，是因为他不占公家一分便宜；当会计，账目清楚，是因为他从来都是公私分明，清清白白；当大队文书，人们赞赏他，是因为他一心为公，一身正气；当农业技术员，之所以影响好，还能转正成为国家干部，就是一根杆子量到底，基本原则和规则坚持到底。

　　大舅脾气好，轻易不会发火，也不会摔碟子摔碗。但有时因为孩子不听话，或者受了委屈，无法排解，他就亲自杀一只家里下蛋的老母鸡，亲自拔毛、开膛、下锅，老母鸡炖好了就一个人关起门来，全部吃掉，一块肉都不留，甚至连骨头都吃得干干净净。舅母在外面敲门央求"你给孩子留一点吧"。大舅不理不睬，吃完了就扬长而去，连家里那条狗也瞪着很不满意的眼睛看着大舅。杀鸡炖肉慰劳自己，有利于心理平衡。一只老母鸡下肚，大舅就上山游逛或倒头便睡，一整天不吃饭，让家里人都知道他生气了，他发火了。家人一个个都小心翼翼，蹑手蹑脚。其实大舅有一只老母鸡垫底，肚子不会饿。不论什么时候，不论什么情况下，大舅从来都不会饿着自己的肚子，发火饿肚子那是拿别人的错误来惩罚自己，太不值得了，大舅可不会做这样的傻事。老母鸡被吃了，家里人害怕了，大舅的气也消了，大家该干啥都去继续干啥，用不着真的斗狠使气，耿耿于怀，或者吹胡子瞪眼，抡胳膊动腿，闹得鸡犬不宁。

　　大舅是个多才多艺的人。他不仅是生活和工作中的强者、智者，也是娱乐方面的佼佼者和热心人。他喜欢组织唱堂戏，乐于组织耍社火，积极组织开展文娱活动，二十岁左右就担纲当地秦腔演出团体的重要角色，既是重要演员，又是主要组织者。他的旦角、青衣扮演得很好，扮相清秀靓丽，声音婉转柔美，字正腔圆，台步轻盈。他经常扮演《游西湖》中的金娘、李慧娘，演《铡美案》里的秦香莲等角色。"文革"期间演革命现代剧，他仍然扮演旦角、青衣，那既是政治需要，也是自己的爱好，所以他的表演经常博得大家的赞赏。"文革"结束，古装戏恢复演出之后，大舅再不唱旦角、青衣，改演须生了。他经常扮演《辕门斩子》里的杨延景和《打镇台》里的王震等主要角色。他那唱过旦角的嗓音，把杨延景和王振等角色表演得淋漓尽致、神采飞扬，大有秦腔名家女须生薛志秀的风采。大舅嗓音好，演技高，会演的角色多，不论是演旦角、青衣还是演须生，那唱腔婉转时余音不绝、袅袅绕梁，绵长时如旋雪回风、如泣如诉，高亢时声震屋宇、荡气回肠。特别是他扮演的杨延景，欢音、苦音交替运用，"慢板"、"二流板"和"二导板"以及念白轮番表现，非常传神地刻画和表现了杨延景当时的心理情绪。他的秦腔，在旋律、节奏、力度、发声和运气等方面都把握得比较到位。他一旦进入角色，就把生活中的酸甜苦辣都忘记了，有时候不知道他是在表演角色还是表演自己，真是情景交融，酣畅淋漓。轮到他唱"乱弹"（指大段唱腔）的时候，敲锣打鼓的和拉胡琴的人都特别卖力，特别尽心。拉板胡的二舅就亲自坐镇台口，打起十二分的精神，为大舅伴奏助威。二舅的板胡拉得非常好，但鼓打得更好。有的地方搞活动，还专门请二舅表演打鼓。二舅打鼓，动作十分优美，表情极为丰富，颇有些魏晋名士祢正平裸衣敲鼓的风采。那鼓音时急时缓，时重时轻，激烈时如万马奔腾，冲锋陷阵，舒缓处如敲山震虎，声声震耳。打到尽情尽性之时，完全就是似醉非醉的宣泄，淋漓尽致的表演。但在大舅唱杨延景的时候，表演的两个热点是演唱的主角和台口的板胡手，因而二舅只好表演板胡技艺，不能表演打鼓了。观众看大舅和二舅的配合默契的表演，如醉如痴，掌声阵阵，赞不绝口。散戏之后还意犹未尽，热烈地争论交流，各抒己见，感慨万端。

大舅还善于研究戏词和曲调，静静地体会戏词里的悲欢离合、爱恨情仇，感受那回肠荡气的美妙旋律，感受历史的沧桑和人生的百味。有一次我回家乡，请大舅和二舅一起来唱家庭"自乐班"。我唱了一段《伍员逃国》里伍子胥的一段唱段，最后有两句唱词"戊午日兵行在孟津河道，甲子年朝歌城动起枪刀"。大舅就认为这两句唱词颠倒了，应该是先有年再有日。我没有研究过这戏词，因而被问得无言以对。大舅唱戏，随机应变的能力也很强，有时忘记了戏词，他就现编现唱，接得天衣无缝；其他演员忘记了戏词，他也是连编带提，成功地应付尴尬场面。有的须生上场忘记戴胡子，他就说："娃娃，你爸爸怎么没有来呀！快叫你爸爸前来。"那须生就屁颠屁颠地马上到后台戴了胡子再上场，惹得台下的观众哈哈大笑，快乐无比。

大舅一生经历非常丰富，阅历深，见识广，有侠骨，也有柔肠。他走过了人生的沟沟坎坎，经历了人生的风风雨雨，活得真实自然，活得自尊自信，活得丰富多彩。一个人未到过崖底，就不能真正领略峰高，大舅体会过人生崖底的苦涩和艰辛，也领略了有高度、有尊严的生活，经历了热血涌动的改革开放岁月，贡献了自己的宝贵年华和经验智慧，铸造了自己的人格魅力和不屈不挠的奋斗精神，有一种历经沧桑的深沉和大气。他一生的经验就是实践，就是行动，就是深思熟虑后的积极行动，就是勤奋耕耘，从我做起，从现在做起，说干就干。他知道一个人的能力、潜质就是土地，而实践、行动就是种子，播种了的种子不一定都发芽，但不播种一定永远不会发芽，也永远不会有收成。他认为没有努力奋斗，没有亲身实践，没有积极行动的人，纵然是伶牙俐齿、能说会道、口若悬河，也终究是没有发言权的。没有给桃树浇过水的人，就没有摘桃子的权利。同样，没有在生活中真正付出的人，也没有解释生活的资格。

每代人有每代人的人生起点，每代人有每代人的历史责任。大舅经过一生的风雨和辛劳，没有虚度年华，没有骄奢淫逸，没有碌碌无为，没有放弃人生信念，没有背离人间道义，很好地完成了自己的人生责任，富有诗意地度过了那些风起云涌、风吹雨打、风风火火的峥嵘岁月，成功地体现了一个出身"草根"

阶层人物的人生价值，也成功地实现了自己的人生理想。

如今，大舅老了，没有当年朝气蓬勃的工作精神和扮演杨延景时的风采了。年轻时与命运对抗，与自然抗争，与同龄人竞争。到老来与命运讲和，与自然讲和，与生活讲和。回首悠悠无憾事，丹心一片想将来。他回首往事，悠然陶然，没有遗憾；遥想将来，他寄希望于后辈子孙，希望他们健康成长，希望他们学有所成，希望他们事业有成，不要辜负老一辈的殷切期望。

如今，早已跨过"古稀"之岁的大舅，已经有了一点"参禅悟道"的感觉和境界。他每天或在田边漫步，或在树下乘凉，或在山头眺望，看着风自远方吹向远方，看着云自远方飘向远方，看着南来北去的大雁从远方飞向远方；看行人忙碌，看后辈来去，看花草荣枯，看光阴荏苒，看岁月更迭；看世人几番空忙，看世人几多真忙。故里的大山，寻常的巷陌，庄前屋后，大路小路，处处都是大舅留下的脚印。在岁月的深处，既有大舅留下的生活足迹，又有大舅高亢悠扬的"秦之声"。

我真诚地希望大舅幸福快乐，健康长寿。

母　亲

　　母亲贾氏，出身殷实之家，幼承父母之训，潜心女工家务，坚持忠孝节义，人生目标就是做一个贤妻良母，相夫教子。母亲精于柴米油盐酱醋茶，不谙琴棋书画诗酒花，幼少之岁便是母亲的风华年月。

　　母亲十五六岁就嫁给父亲，奶奶是她的亲姑姑，父亲和母亲就是姑表兄妹，从小就很熟悉，就像李白的《长干行》里描述的那样，青梅竹马，两小无猜。我们都是近亲繁殖的后代。母亲嫁给父亲的时候，奶奶才三十多岁，还处在生育年龄。大哥出生的第二年，奶奶生了叔叔；我出生的那年，奶奶生了第六个女儿（送了人）；弟弟出生的那年，奶奶生了小姑。奶奶共生了九个子女，母亲生了六个子女。那时没有计划生育的政策和措施，不能主动地避孕，只能被动地生育。由于奶奶和母亲既是婆媳关系，又是姑侄之亲，母亲又贤惠孝顺，因此，母亲过门时间不长，奶奶就把家政大权交给了母亲。母亲将奶奶的孩子也视同自己的孩子一样躬身抚养。那时母亲也只有二十岁左右。如今二十岁的女孩子还没有真正成熟，还在情天恨海地恋爱，还在雨恨云愁地风流时髦，读着《广岛之恋》《鬼吹灯》，听着流行音乐，痴痴地爱，疯疯地玩。而母亲已经是两个孩子的妈妈，一大家子人的女主人了，经历了酸甜苦辣，体会了生活的艰辛。

我记忆最早的大概是四五岁时候的事情。小姑和弟弟不足一岁，叔叔和哥哥七八岁，家里还有年近七旬的太太（高祖母）。那时的母亲也只有二十四五岁。一大家子人春夏秋冬的衣服、饮食、起居，房前屋后的栽树种豆、养猪养鸡等等，都要靠母亲张罗安排。那时母亲还是生产队里的壮劳力，是生产突击队里的成员，每天披星戴月，栉风沐雨，东一山、西一山地突击收割庄稼，风尘仆仆到几十里外去修筑公路。记得那年父亲到渭源参加"引洮工程"，母亲到距家几十里路的双岘修建西南公路。母亲去双岘的那天早上，天下着大雪，路上全是冰溜子，风劲雪寒，玉树琼枝。我跟着母亲哭闹着，母亲几次回头哄劝，我就是不愿离开母亲，不愿意让母亲出远门，我足足跟出有一里多路。那种依恋母亲的情景至今记忆犹新。后来在兰州工作期间，一天一位同事的婆婆打电话来说，同事的孩子哭闹着要妈妈，我一听此话心就软了，眼中就涌起一股泪。那些年母亲虽然忙和累，但还没有饿肚子，并且人年轻，又精力充沛，忙着累着却也快乐着。

1958年是个特殊的年份，总路线、大跃进、人民公社三面红旗，引领着人们多快好省地建设社会主义，大炼钢铁，大办食堂，"一大二公"，轰轰烈烈。社员打着红旗上山劳动，锣鼓喧天，红旗招展；大食堂专门派人送饭到田间地头，大大的馒头，热热的面条，社员们一个个吃得天昏地暗。食堂的饭和馍不要票、不要钱、不限制，随便吃，放开肚皮吃。赶英超美，热火朝天。我们都在托儿所唱着动听的歌曲，沐浴着灿烂的阳光。那真是过了一段共产主义的生活。但这毕竟是空虚的繁荣，是没有物质基础的繁荣，是不能持久的。因为地里的庄稼收成并不好，而且收割庄稼时突击进行，收一半丢一半，粮食损失一半。挖洋芋时不用镢头而是直接用犁来犁，能收多少算多少，有的甚至把洋芋蔓一拔了事。大食堂的浪费非常严重，有的人吃包子只吃心不吃皮，馍馍不想吃了就随便一扔了事。干部折腾群众，群众折腾土地，人哄地一年，地哄人十年。人们都被表面繁荣冲昏了头脑，没有想过这十里长棚的饕餮大宴能坚持多久，反正"今日有酒今日醉，管它明日喝凉水"。就像一群鸟儿在一棵树上快乐地鸣唱，谁也不知道这棵树已经危机四伏了。只有像母亲这样比较清醒的人，已经在繁华之中感到危机的接近，她已在悄悄地做着一些准备。从1959年开始，国家给苏联还债，连年自然灾害，加上人为折腾和浪费，大饥荒的脚步就一步步逼近了。当此之时，食堂也坚持不下去了，而老百姓家里什么都没有，没有任何食物积蓄，吃饭锅都被拿去炼钢铁了。经历了轰轰烈烈"大跃进"的人们就是在这样的情况下迎来了残酷的"三年困难时期"，只有二十六七岁的母亲也是在这样的情况下把一大家子人带到了至今让人谈而色变的1960年，那个让多少人噩梦萦绕的年月。

1960年，我们家庭的成员有太太（高祖母）、爷爷、奶奶、父亲、母亲、叔叔、哥哥、小姑、弟弟和我，共计十口人。作为一家之主的母亲，为了让这十口人都有饭吃，确切地说是有汤喝，有个取暖的热炕，大人有遮体的衣服，她精打细算，精心谋划，拾野菜，剥树皮，选谷糠，凡能充饥的东西都统统收集回来，掺一点面粉，艰难度日。她给我们五个孩子用麦秆各编了一个草碗，叔叔和哥哥的是一样大的大碗，我的是一个中碗，小姑和弟弟的是一样大的小碗。每顿菜汤都由母亲亲自掌勺，根据每个人的劳动消耗量分配食物。大人用勺子量，孩子不懂事只能用碗量。因此，小姑和弟弟的菜汤一定要漫过碗边，否则他们就认为只有半碗，就要哭闹，这就是我亲身经历的饥荒年的典型场面。记得饥饿最严重的时候，哥哥和叔叔已经躺在地上起不来了，差一点就饿死了，真正是再有一根稻草就能压死一头骆驼的危急时刻。就是在这样严重的饥荒之年，母亲用她的智慧、毅力、公心和忍辱负重的精神，让上有七十多岁的太太、下有三四岁的小姑和弟弟的十口之家，走出了险恶的年月，没有饿死一个人。

七十多岁的太太是1963年去世的。那是十分难得的风调雨顺、政策宽松、五谷丰登之年，百姓的生活有了根本的改善。在这样的年月寿终正寝的人，是非常有福气的。记得挨饿的年月，太太和我一起晒太阳的时候经常念叨："南里好，南里好，辣子菜凉面。"那时我无限向往"辣子菜凉面"。生活好过了之后，母亲专门给我们做了凉面。由于我的家乡那时不种辣子，因此只能吃到油泼辣子拌凉面了，也非常好吃，太太也算没有留下很大遗憾。在我们村庄，太太是她那一辈老人中熬过1960年的极个别的老人之一。太太的葬礼十分隆重、十分排场，全家族的人共同操办。前来参加葬礼的人特别多，丧事当做喜事来办，像过年一样热闹。大家对母亲十分推崇，高度赞扬。母亲在送葬时哭得非常伤心。她是哭自己不能承受生命之重；她是哭自己时运不济、命运多舛；她是哭在最危难时刻，几乎要保不住自己儿子的生命；她是哭自己刚刚跨过生活的门槛，就踏上了荆棘丛生的坎坷旅途；她是哭漫漫艰辛路，何时可息肩。

大灾年月之后，我们都告别了草碗，端上了瓷碗。记得我是一个红皮碗，比较结实，一般磕磕碰碰不会打烂。不知什么时候这个结实的碗还是破了，母亲说以后给你买铁碗。后来我端上了真正的"铁饭碗"。现在人们把公务员的饭碗称作"金饭碗"，我也是端上了这样的"金饭碗"。但母亲想不到"金饭碗"是什么样子，想不到如今的现代化是什么样子，是"楼上楼下、电灯电话"吗？想不到这四十年的沧桑巨变。她和七十年代离去的政要一样，都想不到如今的农民随身带着手机劳动，农民也在家里上网浏览，关注着纽约的股市，笑看着华尔街的金融风暴。

"三年困难时期"过后，母亲又先后生了两个妹妹和小弟，我们家成了十二口人的大家庭，四个大人八个孩子。这样一大家子人，让这样多的孩子都长大成人，成家立业，即使是正常的比较好的年景，女主人所要付出的心血，所要承受的压力，所要消耗的气力都是难以想象的。况且好年景也就两三年。"文革"开始后，人们又开始折腾，天天割资本主义尾巴。土地越种越薄，庄稼越长越差。老天也不帮忙，年年闹旱灾，春寒春旱春荒。山上连草都不长，即使长出一点，也被牲口吃光，被群众铲光，甚至连根挖光。山川越来越荒凉，家景越来越贫穷。种庄稼的人年年要吃国家的救济粮，领国家的救济款，穿国家的救济衣服。母亲就是在这样的境况中主持家计，呕心沥血，鞠躬尽瘁，无比艰难地熬度那迟迟长日、漫漫长夜。记得那些年，为了一大家子人的生计，母亲经常是早出晚归，下地劳动，回家后做饭洗菜、缝补衣衫，几乎每天晚上都要熬到三更半夜。生活虽然艰难，但母亲还是要尽力把日子过得精细一些。生活可以简陋，但不可以粗糙。每个孩子每年要织一双羊毛袜子，每人要有棉衣、棉裤，每人要有鞋子穿，不能让脚指头露到外面，家人的衣服不能有破口子，现出落魄的样子，补丁也要打得整整齐齐。母亲就是在这样没有尽头的艰难折磨中透支了时间，透支了身体，耗尽了心血，耗光了精神，耗尽了气力。这生活的纤索实在是太沉重了，她也实在扛不动了。她积劳成疾，一病不起。病是潜伏着的阴谋，肉眼一时半会儿难以看到，一旦现出真形就势如破竹了。正当盛年的母亲，就这样被阴险的病魔击倒了。

母亲为人善良，天性温厚，胸襟开阔，处事周全，聪明睿智，心灵手巧，人情世故熟悉，生活经验丰富。她的饭菜手艺很好，不仅能做出又细又长的白面长面，还能做出又细又长的荞麦面长面。她每年都要做许多品种的咸菜，有韭菜、红萝卜、白萝卜、莴笋、杏仁、洋芋、野小蒜、地录录等。每次吃饭，母亲都要把各样咸菜切细搭配，红的绿的白的，色香味俱佳。公社大队的干部到村里来都要到我家来吃饭。母亲在困难时期用洋芋做的丸子特别好吃。我参加工作之后几次模仿母亲当年的做法做洋芋丸子，无论如何都没有那种味道，没有那种感觉。其实原因很简单，一是好吃的吃多了，没有饥饿感觉了；二是母亲不在了，再也找不到一蔬一饭里、天长地久浸染的那种难以言传的味道了。母亲的针线剪裁手艺很好，她能剪出最好看的窗花，春节时贴到窗子上，每个图案都栩栩如生。我们村里只有母亲一人会扎大大的筒子灯笼，正月里要社火，年轻人就央求母亲扎这样的灯笼，我们当儿子的感到非常自豪。母亲做鞋、裁衣、绣花的手艺都是数一数二。她绣出的花枕头十分漂亮，谁见了都要由衷地赞扬。母亲织毛衣、毛袜的手艺和能力也很强，从来不用眼睛看着编织。她在给生产队担粪送肥的时候，挑着担子，边走边织毛袜，半天就能织好一只毛袜，许多要强的女人都望尘莫及。母亲没有读过书，但她有许多社会知识、生活知识和口耳相传的文化知识。她根据自然现象能判断时辰、天气状况以及年景。记得那时我经常和母亲一起睡觉，她经常熬夜做活。家里没有钟表，半夜里母亲就到外边看天色，有月亮的时候用月亮判断时辰，没有月亮时就以三星、启明星判断时辰。能准确判断三更四更，能准确把握黎明前的黑暗。她通过月晕、早霞、晚霞以及动物行为判断阴晴雨雪，便于生活中未雨绸缪。母亲做针线活的时候总要给我讲古今，讲《白蛇传》《牛郎织女》《秦香莲》《劈山救母》《孟姜女哭长城》等，讲那缥缈迷离的神话，讲那离奇惊险的故事，情景历历，令人悠然神往。夜深人静的时候，母亲一边做活、一边轻轻地唱起小曲："青线线那个蓝线线，哎，蓝个英英地采呀，生下一个兰花花啊！实实地爱死个人。"那歌声总有着一丝沧桑和落寞的味道。油灯如黄豆，歌声如天音，母亲的影子映在墙上，一缕半乱不乱的青丝半掩着憔悴的脸庞。我就在这样的小曲声中进入梦乡，我就在母亲的眠歌里慢慢长大。许多时候我一觉醒来，母亲还在做活。母亲始终对生活充满信心，在困难的生活中也要营造一分意趣；每个节日都要有纪念意义的表示，端午节要做粽子、甜醅子，中秋节要做自制的月饼，给月亮献瓜果，还要拜月，元宵节要用荞麦面做成酒杯那样的灯盏，里面装点清油，用棉花做上清油捻子点着，叫"心灯"，看谁的"心灯"着的时间长，就是谁的命好。十月一送寒衣，二月二炒豆子，三月三苦蒌芽儿打搅团，为艰苦的生活增加情趣，为穷困的日子带来韵味，充分展示了一个女主人辛勤持家的深刻内涵。

母亲孝敬太太、爷爷和奶奶，相夫教子，从来没有顶撞过几位老人。记忆中母亲从来没有打过我们。我们犯了错误，她总是循循善诱，悉心教导。母亲在世的时候，父亲也是场面上有头有脸有身份的人，上能结交掌权干部，下能结交三教九流，在同龄人中很有威信。许多时候父亲总是比较悠闲，苦活累活脏活他都不做，不担水、不挑粪、不拾柴捡菜、不喂猪喂鸡喂牲口，生产队长也没有指望他干一份固定的农活，如每天耕地等。他喜欢赌钱但不嗜赌；喜欢抽纸烟，六十年代就抽"大前门"、"黄金叶"等；喜欢穿皮鞋，喜欢留分头，用现在的话说就是比较时髦。六十年代的时髦，不是汉宫的俏丽，不是唐宫的富丽，不是赵武灵王的"胡服"，也不是女士冬天的短裙。那时的时髦不属于女人，而是属于男人，那就是"留分头、不戴帽，包金牙、龇口笑，穿皮鞋，呱呱叫"。那时的父亲就是一个时髦的农民。父亲的时髦都是建立在母亲经营的稳固家庭的基础上，是母亲的辛勤劳动和勤俭持家创造的条件。母亲去世之后，父亲再也没有穿过皮鞋，多年没有抽过纸烟，我们弟兄经常帮父亲卷旱烟来抽。有一年父亲还到煤矿背了一个月的煤炭，挣钱贴补家用，那是空前绝后的一次壮举。母亲的去世，沉重地打击了父亲的信念和骄傲，父亲当年的福气没有了，当年的心气也没有了，当年的自信和时髦更没有了。母亲的去世，也击碎了子女们的优越感和自信心，我们由无忧无虑的宠儿变成了没妈的孩子，变成了非常自卑的孩子，没妈的孩子像根草一点不假。人世间最难释怀的事莫过于那份殷殷的母爱，任何东西都代替不了母爱。

　　母亲就是这样一位不能缺少的家庭主角，她用这一点一滴的功绩，用这一点一滴的心血和汗水，用她的聪明才智，忍辱负重，为自己铸起了一座丰碑，为后辈树立了崇高的榜样。母亲的品德、智慧、精神就是我们最好的励志经典，是我们的宝贵财富。

　　母亲去世的时候我已经17岁了，应该懂许多事了。但由于长期在母亲的羽翼之下生长，上面又有哥哥和叔叔，没有经过风雨，没有见过世面，没有独立做过任何有重要意义和有挑战味道的事，连离家四五十里的地方都没有单独去过，还特别幼稚。母亲在世时经常说我是个"窝里佬"。因此我对母亲的去世几乎没有意识，就像毛主席逝世的时候同样没有意识到一样。母亲病了相当长一段时间，刚刚有病的时候还在坚持干活，料理家务，后来就渐渐干不动了。我想母亲正当盛年，病一阵子就会好的。

母亲会去世，我想都没有想过，那是不可能的。母亲走了我怎么办，那么小的弟弟妹妹怎么办，一大家人怎么办。母亲的病在当时也并非不治之症。母亲病了之后到县城看过一次病，县城医院认为需要手术治疗，只有到兰州才能诊治。但在当时，到县城看一次病都极为困难，到省城治病连想都不敢想，连车费都没有，更别说治疗费用了。记得父亲送母亲到县城去诊病，没有汽车，全靠步行。父亲恳求生产队借一头毛驴送送。队长只答应送一段就要把毛驴牵回来，不能在县城过夜。记得那天我和父亲用毛驴送母亲去县城，送到四十余里还不到一半路程的地方，父亲就让我把毛驴牵回生产队，父亲一人搀扶着送母亲到县城去诊病。那时的人真是太穷了，可以说穷困潦倒，家徒四壁，一无所有。再想想现在，家里的人有一点小病也要到兰州来检查和诊治。在兰州工作的侄子辈们三天两头往家里跑，一天从兰州可以轻轻松松打个来回。当年我到兰州上学的时候，从家里到兰州竟然走了三天。想想这些，真是让人百感交集、感慨万端啊！

母亲去了，母亲是在一个杏花零落、杨花飞舞的季节离开我们的。那是个乍暖还寒的、青黄不接的、催人泪下的季节。一家人一下子觉得天塌了、地陷了，为我们遮风挡雨的保护伞没有了，一家人的主心骨没有了，一个家的灵魂没有了。那真是家的破碎、筋的离散、根的断裂。一家人哭天喊地，昏天黑地，眼泪哭干了。经此一痛，永远的痛，我再没有眼泪了，"曾经沧海难为水"啊！多少年每想到那一幕那一刻都要泪湿青衫，多少次梦醒后总是残泪点点。郁孤台下的泪、羊公碑前的泪、湘妃竹上的泪，也没有这样惨痛。我想不通这样好的人为什么要早早地离开人世，上天无眼，大地无情，天理何在？我就想起《窦娥冤》里的唱段："天哪！你不辨贤愚枉为天；地呀！你不识好歹何为地，辜负了苍茫茫绿水青山！"我想不通，我问亲戚，问邻居，问天，问地，问鬼神。长辈们说："好人人喜欢天也喜欢。"我信这句话，我认为这是最好的解释，最能说服我的解释。后来我读《基督山伯爵》，小说的主人公爱德蒙·邓蒂斯问法利亚长老：上帝为什么不惩罚恶人，而让好人遭罪？法利亚回答说：上帝留着恶人，就是要让他们替上帝去惩罚那些亵渎上帝和不听上帝话的人。这又是一个不错的解释，是我能接受的解释。我们都相信这些劝人向善的说法，我们相信母亲就是天喜欢的那种好人，母亲就是去了天国，去了昆仑仙山和蓬莱仙岛那样的仙山琼阁，只有母亲这样的好人才配去天国，才配去仙山琼阁。

母亲一生比较短暂，但她活得清白，活得高尚，活得纯粹，活得充实，活得久远，活得山水生色、德高望重。我们为母亲自豪，为母亲骄傲。我们在她的墓碑上镌刻了"山高水长"四个大字。她配享这四个大字，她在我们心中永远像山一样高，像水一样长。她如一颗大大的星辰，在我们心中陨而不落。她的音容笑貌常留我们心间，她的精神激励着我们山一程水一程地勇敢向前。

可以告慰母亲的是，我们没有沉沦，没有泄气，没有颓废，我们没有让母亲失望。我们熬过了艰难的日子，熬得云开见月明。我们继承了母亲的美德和精神，学会了做人的道理，确定了人生的方向，选择了正确的人生路径。

可以告慰母亲的是，我们在危难中坚持，在困苦中抗争，在艰辛中成熟，在逆境中奋斗。我们有幸遇到了改革开放的时代，遇到了党和国家为民富民的好政策，赶上了热血涌动、浩气充溢的年月，赶上了真正的繁荣盛世。我们都坚持让下一代认真读书，刻苦学习，长知识，长本事，做普通人，干正经事。他们都奋发向上，积极进取，学有所成，干有所成，学好人，做好事。

可以告慰母亲的是，我们虽然出身"草根"阶层，地位比较卑微，没有资格和能力高扬主义和正义的旗帜，但也没有背离人间的根本道义和社会公德。我们虽然不能兼济天下，但也尽力独善其身。

可以告慰母亲的是，您的血脉有人传承，您的美德有人传承，您的精神有人传承，您的故事有人传颂，您的墓地有人祭扫，您与天地同在，与日月同行。

秋风萧瑟

"秋天来了，天气凉了，一群大雁往南飞，一会儿排成个'一'字，一会儿排成个'人'字。"这就是我上小学时候读过的课文，这就是我对秋天最初的认识。"秋风秋雨秋天凉，秋枝秋叶秋草黄，秋云秋月秋气爽，秋菊秋雁秋收忙，秋情秋意秋缠绵，秋思秋念秋惆怅。"这就是秋天的景致，这就是秋天的感觉，充实，透彻，空旷，清风明月，凄风苦雨，还有一分浪漫。

秋天是收获的季节，农人收获谷粮，牧人收获牛羊。秋天也是开始的季节，新学年学校开学，学生升级、上学，学人书写锦绣文章。秋天是成熟的美丽，是经世的庄严，秋高气爽，马肥草长，蓝天空旷，白云飘逸，牧鞭回响，牧歌悠扬，到处都是丰收的景象，蔬菜入窖，粮食入仓。清新的校园里国旗飘扬，歌声嘹亮，莘莘学子，书声琅琅。

秋天落叶缤纷，五彩斑斓，风景如画。春要远足，秋要登高。杜牧吟唱："远上寒山石径斜，白云生处有人家。停车坐爱枫林晚，霜叶红于二月花。"这是晚唐诗人的情怀，这是晚唐时代的风流，这是流传千古的美丽诗篇。"自古逢秋悲寂寥，我言秋日胜春朝。晴空一鹤排云上，便引诗情到碧霄。"唐代革新派诗人刘禹锡，任何时候都是"壮士闻鸡，英雄凭栏"的豪情志气，让那些阴暗角落里的守旧派们自惭形秽、无地自容。李太白登高远望，对酒当歌，在那风萧萧、路漫漫的游历途中高唱"长风万里送秋雁，对此可以酣高楼……俱怀逸兴壮思飞，欲上青天揽明月"。

"骏马秋风冀北，杏花春雨江南。"骏马秋风冀北激励了多少英雄豪杰，杏花春雨江南孕育了多少才子佳人。那些守土戍边的将士，那些忧国忧民的雄杰，在这秋风红叶满天飘、草木摇落露为霜的金秋时节，登高远眺，壮怀激烈，那是何等的豪情满怀。这也是"先天下之忧而忧，后天下之乐而乐"的范仲淹的情怀，风流、浪漫、务实、负责，"居庙堂之高，则忧其民；处江湖之远，则忧其君"，永远都是维护国家繁荣昌盛、关心百姓疾苦的一腔热血。青年毛泽东风华正茂，"独立寒秋，看湘江北去，看万山红遍、层林尽染"，"问苍茫大地，谁主沉浮"，"指点江山，激扬文字，粪土当年万户侯"，从此踏上了一条寻求救国救民真理、推翻"三座大山"、推翻反动腐朽统治的荆棘丛生的革命道路，领导中国人民真正站立起来，洗刷了中华民族的百年耻辱。

　　秋天更是一个肃杀季节。你看那一块块的玉米地，两三米高，黑压压，阴沉沉，一片片，密不透风，如接受检阅的雄师，如整装待发的战阵；雄赳赳，气昂昂，大有所向披靡之势。但是一场秋霜，它们立即变得枝枯叶败，东倒西歪，不堪一击。再看那遮天盖地的森林，生机勃勃的草木，一两场秋霜后，立马为之色变，被无情地挫伤了锐气，"秋风吹渭水，落叶下长安"了。秋天往往笼罩着一种惆怅和低落的情绪，在我国文学中多带有悲凉肃杀的色彩，素有"春女思，秋士悲"之说。秋天绵绵的秋雨，伴着凛凛的秋气，加上林荫道上遍地的落叶，风刀霜剑，荒草迷离，老树枯藤，苍台斑驳，北雁南归，万物凋零，一弯冷月，几声暮鸦，送走了春夏，带走了年华，让人倍感凄凉、凄清、凄楚，更加一层凄迷。秋天是由盛转衰，由温暖转寒冷，由岁初、岁中转岁末的季节，而且是一年中不可逆转的时节。老去的、衰退的、弱病的、色衰的、失意的、失宠的、分别的、离家的、穷困潦倒的，都应了这样一个霜气横秋的季节，让人泛起一缕逝者如斯的感慨和怅惘。"回首当年浑似梦、都随风雨到心头"，让人不由得见秋霜悲白发，见寒蝉叹余生。你看那穷困潦倒、借债度日的人怕的就是"秋后算账"，算账之后又是一无所有，又是借债度日。秋后算账的杨白劳没有了活路，只有一死了之，留给孤女的只有一条红头绳，连一朵花儿都没有。

被定了死罪的人，忌惮的就是"秋后问斩"。戊戌六君子就是秋后问斩的。就连"不惜千金买宝刀，貂裘换酒也堪豪。一腔热血勤珍重，洒去犹能化碧涛"的鉴湖女侠秋瑾女士，慷慨赴死之际，也不由得发出"秋风秋雨愁煞人"的慨叹，真实地表达了她忧国忧民、壮志未酬、面对死亡的悲愤心情。

失了锦绣江山的南唐后主李煜"无言独上西楼，月如钩，寂寞梧桐深院锁清秋"，传递了一缕"去国怀乡"的凄楚愁绪。

有落雁之容而怀"貌"不遇的王昭君，在这秋霜起、雁南归、落叶飞的季节，与胡风白草和琵琶做伴，"千载琵琶作胡语，分明怨恨曲中论"。一曲《昭君怨》，道不尽背井离乡的苦闷，道不尽思念家乡、思念故国的情怀，"一上玉关道，天涯去不归"啊！

　　辛辛苦苦过日子的芸芸众生最担心的就是"多事之秋"，"九·一八"，"八·一三"，"九·一三"的满城金甲，都是老百姓不愿回首和看到的日子。"宁作太平犬，不作乱离人"。老百姓就希望国家富强，百业兴旺，生活安定，收入稳定。没有战乱，没有秋高马肥时节"作战消遣"的军阀。

　　漂泊天涯的游子，最难以忍受的就是这秋风萧瑟、蓑草连天、鸿雁南归的季节，"独在异乡为异客"，"断肠人在天涯"，秋声添得几分凄怆，秋声增来多少憔悴。还有多少征人学人农人、贩夫走卒，或为功名所牵，或为生活所迫，背井离乡，辞亲远行，在这悲风苦雨的漫漫旅途之中，怎能不"见归鸿思故里"呢？

　　已入老境的白发垂暮之人，最难以经受的就是这"雨中黄叶树，灯下白头人"的凄惨境遇。苍凉老迈、贫病交加的杜工部，在秋霜砭骨的季节，"万里悲秋常作客，百年多病独登台"，看着那萧萧而下的无边落木和滚滚江水，"潦倒新停浊酒杯"，忧国伤时，无限悲凉之情溢于言外。这脍炙人口的凄美诗篇，凝固了千年的记忆，也凝固了那个深秋的记忆，千百年来让多少文人士子读来不由潸然泪下。

　　失意冷落的林黛玉，"醒时幽怨同谁诉，衰草寒烟无限情"。她总是怀着伤春悲秋的悲凉心情。伤春时"花谢花飞飞满天，红消香断有谁怜"，"一朝春尽红颜老，花落人亡两不知"。悲秋之时"秋花惨淡秋草黄，耿耿秋灯秋夜长。已觉秋窗秋不尽，哪堪风雨助凄凉"。她难以忍受风刀霜剑的相逼，难以忍受尔虞我诈的阴谋，难以忍受凄风苦雨的蹂躏，暮春葬花魂，冷月葬诗魂，质本洁来还洁去。

分离远别的情侣，在这秋风起于天末之际，会感到寂寞，担忧，怅然若失，"何处合成愁，离人心上秋"。那秦娥"箫声咽，秦娥梦断秦楼月。年年柳色，灞陵伤别"，"乐游原上清秋节，咸阳古道音尘绝"。无尽的幽怨，无尽的思念，点点滴滴，丝丝缕缕，漫溢在心头，凝结在眉头。那身处吴地的女子，在秋意浓浓的子夜，浣着纱衣，缝着征袍，思念着边关的征人："秋风吹不尽，总是玉关情。何日平胡虏，良人罢远征。"那位"寻寻觅觅，冷冷清清，凄凄惨惨戚戚"的著名女词人李清照，更是"一种相思，两处闲愁"，一个"愁"字了得。

听说唐明皇驾幸梅妃的杨贵妃，万种情怀，万般寂寞，一时竟难以排遣，醉眼惺忪，浅吟低唱："海岛冰轮初转腾，见玉兔，玉兔又早东升，乾坤分外明"，"好一似嫦娥下九重，清清冷落在广寒宫……

长空雁儿飞，雁儿并飞腾"。这分明就是冷月当空、鸿雁南归、满目萧然时节。据说梅妃是唐明皇十分宠爱的妃子，被杨贵妃横刀夺爱之后，一直被冷落在宫中，日日愁绪，夜夜秋风。一次，唐明皇突然想起梅妃，让人给她送去一箱珍珠。寂寞失意的梅妃题诗一首："柳叶双眉久不描，残妆和泪污红绡。长门自是无梳洗，何必珍珠慰寂寥。"题罢又把这一箱珍珠送还了唐明皇。唐明皇非常内疚，便令乐府为这首诗谱了曲，名叫《一斛珠》，把梅妃的一腔愁绪演唱得如怨如慕，如泣如诉。

秋天，以丰收成熟和苍凉憔悴并存的面容，悄悄地隐藏在时间背后，展现在人们面前，既有庄严感，也有悲壮感。秋天的成熟、饱满、丰收、丰富多彩是一种真实，是实实在在的存在，是生命的真实，也是生活的真实。秋天的苍凉、憔悴、失落、凄楚，"夜夜秋风耿耿，梧桐冷雨凄凄"，都在人的心里，都是凄凉、孤寂、失意心情的反映。

古代只有春秋二季。春秋就是历史。春去秋来，秋去春来，轮回往复，世世代代。春天的到来预示着秋天已经不远，秋风习习也预告了春天跟进的脚步。花的凋谢，意味着果实的成长；叶的泛黄，意味着丰收的到来。春天，有勃勃的生机，有涌动的春潮，有痴心恋爱的激情，有万紫千红的妖娆，有绿遍天涯的秀丽。秋天，有湛蓝的天，有洁白的云，有霜染的叶，橘红穗黄，秋水伊人，"碧云天，黄叶地，秋色连波，波上寒烟翠"。秋天有无边的辽阔，有收获的故事，有宁静致远的情怀，有姹紫嫣红的绚烂，有硕果累累的实在。秋天勾勒出自己灵动的线条，蔓延出别样的风采，天高地远，花好月圆，美景当前。

人一生，走过杏花缤纷的村落，还要走过丰田收割的旷野。杏花缤纷的时节，我们奋斗过，狂妄过，灿烂过，热血涌动过，意气纵横过。丰田收割的时节，斜阳苍山，往事如烟。我们体味自然的辽阔，体味岁月的悠悠，体味生命的伟大。

在人生的秋天，我们走过了繁华与喧嚣，领略了壮丽和崇高，体会了艰辛和苦涩，已经拥有不可多得的人生经历，拥有一分不可复制的人生境界。我们坦然地承认老之将至，珍惜一路走来的人生风景，恬淡而舒缓地解读生命，解读生活，解读世事，让生命和生活在满目红叶的旷野和蜿蜒小路上延伸。

同时，在人生的秋天，我们还要盘点生活，计划生活，打点生活，装扮生活，渲染属于自己的色彩，发挥经验和智慧的余热，让未来的生活更加充实、更加积极、更加美好、更加丰富多彩。

悼念开源先生

2012年7月29日21时许，光明同志突然发来《哭老何》一诗："音容依旧在，坚强一老何。重病千余日，谈笑无蹉跎。一生坚韧著，为教英名播。生有辉煌时，死亦为俊杰。"是夜，雨潇潇，夜茫茫，临窗而望，夜幕沉沉，街灯恍惚。回想几十年来与何开源先生的相处相交，往事历历，情境如昨，夜不能寐，遂作《悼开源》一首，以表此时此刻悲伤的心情，并发给原高教处的同仁及兰州工业学院的院长陈彪教授，陈院长表示要在何校长追悼会上书写贴出，转达朋友们的真挚悼念之情，诗如下：

夜雨悼开源，声名陇上传。

少年称早慧，树志进兵团。

师大学文史，献身到教坛。

情牵高校事，壮岁主工专。

校长和书记，双职挑一肩。

扩招抓建设，升本闯新关。

病痛仍坚定，祸福更坦然。

功勋昭日月，众友念英贤。

我与老何相识于1980年初。那时我刚从定西农学院调到甘肃省教育局高教处工作。处里的老人手有五人，个个德高望重，满腹经纶，踌躇满志，其中老何是最年轻的一位，长我三岁，我以兄长视之。

老何生于天津，十几岁便背井离乡到大西北进兵团，受锻炼。后来上甘肃师范大学读书，进甘肃省教育局工作，从一般干部到处长，历经十八年，有功劳，有苦劳，有付出，有收获，有经验，有思想，精神可嘉，人才难得。1993年，他被调到兰州工专任校级领导至2010年，又十八个年头，其中有十年时间是书记兼校长，重担在肩，责任在身。我常想《五典坡》里的王宝钏在寒窑剜菜十八年，也剜出了个希望。老何两个十八年岂能平庸虚度？老何也确实是我们这一代人中的佼佼者，人生、事业都非常成功，我也非常佩服老何。

老何为人热情，性格开朗，乐于助人，关心集体，关爱同志，热爱工作，热爱劳动，体育活动坚持不懈，身体一直很结实、很健康。他的篮球技术是业余运动队主攻队员水平，乒乓球是准专业水平。老何突然得重病让人难以置信，可以说出乎任何人的预料。他得病曾一度严重打击了我的锻炼信念，我几乎天天睡懒觉，不锻炼，生老病死任其自然，活着干，死了算。记得大约十年前，他已经在兰州工专担任书记兼校长了，踌躇满志，如日中天。虽然春风得意，但他自身承受的压力和心理负担可能只有自己知道。有一天我和老何一起在黄河边绿色公园散步，他就表示五十五岁要退下来休息，我深表赞同。他得重病之后，我一直在想，假若五十五岁的时候，他真的如自己所打算的那样退下来，或者极力请求组织配备一名校长，把沉重的行政事务担起来，他自己能尽量超脱一些，真正放松身心，缓解压力，也许就不会得那样险恶的病症。就在老何病逝后的几天之中，甘肃农业大学提拔才一年多的校长和西北师大提拔才一年多的一名副校长，两人都四十多岁，就在外出公务期间突然病逝。这些人的英年早逝，真的与繁忙的工作、沉重的压力没有关系吗？假设历史没有意义，假设人生的路径也没有意义，也许这都是命运的主宰，都是自然的定数，或者只能用宿命论来排解了。

生病治病是被迫的抵抗。老何非常坚强，得病之后，积极治疗，加强锻炼，乐观应对，毫不气馁，决心要战胜疾病，创造奇迹。去年初老何因手术不成功导致病危，人人都认为再难出现奇迹。但老何从不轻言放弃，咬紧牙关，坚持！坚持！再坚持，竟然又一次创造了奇迹，又一次从病床上爬起来，站到地上，走到病房外边，回到家里，还千里迢迢地来到兰州旧地重游。真是让多少的亲朋好友、同事同仁同学佩服、感慨和赞叹。他在生命的跑道上演绎了最后一段华彩的乐章，就像流星一样把最后的能量转化为一种不屈的精神，划破夜空，昭示人间。我曾想，如果换了我，可能早早就丢盔卸甲、举手投降了。然而这病魔确实太强大了，它就像钱塘江潮一样，一波一波地进攻，一浪一浪地涌来，不屈不挠，前仆后继，似乎也是不达目的誓不罢休。这病不是为降大任于斯人，"苦其心志，劳其筋骨"的目的而来，而是直击要害，并且步步为营，痛下杀手。无论是兰州、上海，还是北京、天津，多少大医院都束手无策；无论是昆仑山的灵芝仙草，还是蓬莱阁的神丹妙药都无济于事。病永远比药强大，因为先有病后有药；魔永远比道强大，"道高一尺，魔高一丈"，因为先有魔，后有道。老何的病就是比药强大，比医生的能力强大，比当代的医疗水平强大。任凭自己坚强不屈，任凭亲人昼夜陪伴，任凭朋友寻医觅药，任凭组织关爱有加，一起鼓劲，共同御敌，都回天无术了。我们尊敬的老何好像已订好了7月29日没有回程的船票，不容置疑地走向那茫茫的天际。

其实生命就是一道时间算术题，生老病死就是一个固定公式，任何人都要走到这个公式的第四步。任何人都会最终被病魔所战胜，被预设的程序所圈定。每当多情浪漫的诗人们高唱生命颂歌的时候，哲学家就在冷冷地预告生命凋谢的必然结局。当年我进高教处时的五位同事，如今已经走了三位，是多数了；我大学的同班同学也已走了六位，占七分之一。可见人生无常，谁能坚信死神的脚步距离自己还非常遥远？如果命运要消灭一个人，那只不过是"谈笑间，樯橹灰飞烟灭"。

人一生，就是"寄蜉蝣于天地，渺沧海之一粟"，走得早的要走，走得迟的也要走，无可奈何。正如柏拉图说过的：人一生下来，就在学习死亡。有位当代作家也说得很精辟：老是走向死亡的阶梯，年轻也是临终一跃前长长的助跑。一个人与命运抗争，与病魔搏斗，在险境中坚持，确实令人敬佩；尊重命运、尊重自然，屈服于生命的局限，也是一种睿智和豁达。我一位幼年伙伴得了不治之症，当他向医生了解到自己的病无望治愈，做手术也只能花钱延续一些时日时，便毅然决然放弃治疗，不再花冤枉钱，平静地接受了命运的安排，也同样让人尊敬。据说，在英国等西方发达国家，病人在医院被检查出患有不治之症时，医生会主动开出"不必治疗"的告知函，希望患者直接回家，平静地等待最后的时刻。大多数病人和家人都能理智地接受命运的安排。在自然的定数面前，无论怎样选择，自己要做的就是努力让生命从容一点，少留些遗憾，也就坦然了。

老何从十几岁开始走出家门闯天下，经历了轰轰烈烈的"文革"风云；以主要参与者的身份经历了激情涌动的改革开放，从事了有意义的事业，担任了有意义的职务，思考了有高度的问题，解决过有难度的困局。这些经历、政绩凝结着老何的学识、见解、智慧和悟性。他不是那种"语言的巨人、行动的矮子"，没有发表过"本有冲天志，飘摇湖海间"这样的豪言壮语。他的一生就是靠自己的勤奋、热情、坚韧和智慧，从我做起，从现在做起，从具体事做起。认真做事，认真做人，认真做官，尽量站在人生的制高点，以生动而有力的方式感受生活，感受生命，展示轰轰烈烈的生命意志，体现自己的人生价值。记得在高教处的时候，老何就是我们这一批年轻人的领头人。单位每年为职工办福利，用玉米面换白面、灌液化气、分蔬菜等，他从来没有以老资格自居，总是和我们一起扛面粉、扛液化气、扛洋芋麻袋，把全处同志的物品挨家挨户地送到家里，处处洋溢着激情和魅力，感动了我们，也感动了老同志。他从不刻意结交政要，去追求抱一个权贵的粗腿。老何一生比较成功，也比较辉煌。他对命运也比较坦然，"走上擂台不论输赢，逼近死神不计寿限"，并没有多少遗憾可言。真要讲遗憾，那就是付出的太多，享受的太少，上帝没有给他预留更多享受的时间。

我和老何的交往历经三十多年，不可谓不长。但我们不是酒肉之交，不是利益之交，也不是权门之交，更不是江湖之交。我们是同事之交，是君子之交。不论是事业上，还是人生旅途上，他都是我的榜样，许多时候我"东施效颦"那样学着他，模仿着他，欣赏着他，赞美着他，为他的奋斗鼓掌，为他的成功赞叹。

我经常想，我们之所以幸运地生活在这个世界，生活在这个国家，因为有许多感动我们的人和事：如曾产生过孔子、老子、苏格拉底和柏拉图这样的思想家让我们感动，产生过牛顿、爱因斯坦和钱学森这样的科学家让我们感动，产生过巴尔扎克、雨果、曹雪芹这样的文学家让我们感动，产生过达·芬奇、贝多芬这样的艺术家让我们感动，产生过李白、杜甫、陶渊明、苏东坡、普希金这样的诗人让我们感动，产生过从容就义的岳飞、文天祥这样的英雄让我们感动，出现过"魏晋人物晚唐诗"的风流让我们感动，产生过"甘当人民勤务员的掏粪工人"时传祥、"新中国石油战线的铁人"王进喜、"为大山披上新绿的植树模范"马永顺也让我们感动。在我们身边，许许多多像老何这样勤勤恳恳、兢兢业业一生，为我们的社会发展和教育事业进步做出了贡献，付出了宝贵心血的人，同样让我们感动。我们为老何的追求感动，为他的奋斗感动，为他的成功感动，也为他的坚韧感动。

2012年7月

七夕遐想

　　2012年8月23日，农历七月初七日，是我国汉族的传统节日七夕节。黄昏时分永宁君发来《七夕》诗一首："夜半天河人语响，惊起披衣独彷徨。忽记梦里遗一物，半窗清晖唯星光。"此时我突然想起今天就是牛郎织女七夕会的"乞巧节"了，这是我们中国的"情人节"呀，是我国传统节日中最具浪漫色彩的一个节日！2006年5月20日，七夕节被国务院列入第一批国家非物质文化遗产名录。牛郎织女传说是我国四大民间传说之一，也是在我国民间流传时间最早、流传地域最广的传说，在我国民间文学史上具有十分重要的地位。

　　七夕节也称"乞巧节"，因参加"乞巧节"的多为"闺中待嫁"的姑娘，故又称"女儿节"。这一夜姑娘们会抬头仰望星空，寻找银河两边明亮的牛郎星和织女星，希望看到牛郎织女银河相会的美妙情景，乞求上天能让自己像织女那样美丽动人、心灵手巧，祈祷自己能有称心如意的郎君和美满的婚姻。

甘肃省西和县很早就有"乞巧"风俗，据说起源于汉代，是一个流传甚广、历史悠久的古老民俗，被称为中国古代"乞巧"风俗的活化石。西和乞巧风俗历时七天八夜，活动内容丰富，形式多样。活动分为坐巧、迎巧、祭巧、拜巧、娱巧、卜巧、送巧七个环节。每个环节均有歌舞相伴，又有几个富有特征的仪式。西和乞巧风俗留下了大量唱词、曲谱、舞蹈形式，以及与农耕文明相关的崇拜仪式，还有与生活相关的纺织女工、服饰、道具、供果制作等活动。西和县每年利用"七夕节"的乞巧风俗活动，宣传中国文化，宣传县域文化，传承民族遗产，推动本县旅游事业和社会经济的发展，吸引了许许多多的海内外人士到西和县观光旅游，让"牛郎织女七夕会"这个古老民间传说更加美丽，更加浪漫。西和县和礼县又是秦人的发祥之地，西汉水就是发源于这里的一条河流。《诗经》的《秦风》里有一篇《蒹葭》："蒹葭苍苍，白露为霜。所谓伊人，在水一方。"据学者考证，这首著名诗歌讲述的故事就发生在西汉水。可见西和县、西汉水很早以前就有非常深厚的文化底蕴。西汉水很早就在《诗经》里流着，在"乞巧"故事里流着。在水一方的那位伊人，一定是正值"乞巧"年华的妙龄佳人。乞巧风俗就是西和县悠久、深厚文化的一个标志。

唐代诗人杜牧曾作《七夕》诗："银烛秋光冷画屏，轻罗小扇扑流萤。天街夜色凉如水，卧看牵牛织女星。"今夜，晴朗的夜空繁星闪耀，新月如一叶扁舟，白茫茫的银河像天桥横贯南北。在银河的东西两岸各有一颗闪亮的星星隔河相望、遥遥相对，那就是牵牛星和织女星。人们传说，七夕夜晚，抬头可以看到牛郎织女银河相会，或在瓜果架下可偷听到两人的脉脉情话。相传每逢七月七日，人间的喜鹊都要飞到天上，在银河上面为牛郎织女搭桥，当天在人间看不到喜鹊。七夕之后见到的喜鹊，头上的毛都在搭桥时被磨光了。值此美好的夜晚，望着幽深的星空，想象着美丽的传说，看着这么一对痴情的伴侣隔河相望，天长地久，不离不弃，让人极为感动。我也没有问永宁君诗中梦里所遗为何物，便作《答永宁君〈七夕〉》一首，发给永宁君和朋友、同事，作为节日问候：

又是一年鹊鸟忙，真诚织女会牛郎。

人间朝暮痴情种，海誓山盟难久长。

之所以发以上感慨，我觉得中国的四大民间传说《牛郎织女》《孟姜女哭长城》《梁山伯与祝英台》

和《白蛇传》，都是忠贞不渝的爱情故事，爱得热烈，爱得坚定，爱得痴情，爱得山水生色，爱得神仙动容。特别是女子，不顾自己的生命危险追求和维护爱情，美艳凄婉，感天动地：织女以命抗争，获得一年一度与牛郎及孩子的相会权利；孟姜女血泪控诉，惊天地、泣鬼神，哭倒了秦始皇的"金汤"防线；祝英台毅然决然相从情人于地下，化蝶追随，双宿双飞，永不分离；白云仙冒着生命危险，盗取仙草救爱人，感动昆仑山的神仙，放爱一条生路。在这些故事里，要说动摇，唯有许仙，那是男人的代表，也说明"痴情女子负心汉"这句话具有普遍意义和历史根源。

这使我又想起中国的四大美女，西施、貂蝉做了男人阴谋诡计的牺牲品，充分暴露了男人的残忍、寡情和无耻。王昭君遇了个有眼无珠、"枉杀毛延寿"的昏庸天子，"一去紫台连朔漠，独留青冢向黄昏"。杨玉环也算遇了个有情有义的风流郎君，正如白居易的《长恨歌》里形容的那样"七月七日长生殿，夜半无人私语时"，"在天愿作比翼鸟，在地愿为连理枝"，"天长地久有时尽，此恨绵绵无绝期"。但在遇到生死考验的时候，唐明皇仍然放弃了"圣主朝朝暮暮心"的心爱之人。记得十八年前，我和西北师大赵教授、郭教授一起到西安参加学位工作座谈会，曾到马嵬坡参观杨贵妃墓，郭教授现场吟诗一首，抒发自己的感想，最后两句便是"明皇若是真情种，应留玉环在人间"。可以说四大美女没有一个遇上真正的好男人。当然，这四个女人之所以能成为举世公认的"四大美女"，就是因为她们在最美的时候就香消玉殒，从欣赏她们的男人眼前消失了，定格了美丽。没有人知道满面霜雪的四大美人是什么样子，"美人自古如名将，不许人间见白头"。红粉佳人两鬓斑，"美人迟暮"，那是男人最不愿看到的事。

还有那秦淮八艳，也没有几人遇上侠肝义胆、真情真意的好男人；还有那秦香莲的故事、杜十娘的故事、崔莺莺的故事、"易求无价宝，难得有情郎"的鱼玄机的故事、霍小玉的故事、薛涛的故事等等，遇上的都是负心薄情、没有一点责任心甚至很无耻的男人，真是让历代的男子汗颜。

事实上中国古代的男人也是颇有男子汉气质的，例如"坐怀不乱"的柳下惠，只为美丽女人香消玉殒哭一场的阮籍，千里送京娘的赵匡胤。在《庄子·盗跖》篇里记载："尾生与女子期于梁，女子不来，水至不去，抱梁柱而死。"这是记载痴情男子为女子而死的一个典型版本。男子抱着桥梁下的柱子，坚定地守着一个约定，不见不散，绝对服从，至死不渝，让女人感动，让男人敬重而自豪。可惜这个故事没有像四大民间传说那样在民间广泛地流传下来，令人十分遗憾。据说，这位鲁国尾生，就是《论语》里说的那个到邻居家要点醋给人的微高生。唐代诗人李白也将这个故事写进了他的五言诗《长干行》里，"常存抱柱信，岂上望夫台"，说明诗仙李白也是非常赞赏这个故事和这个男子汉的。可惜如今这样的男人太少了，像四大民间传说那样的刻骨铭心，用生命维护爱情的故事也是越来越少了。因此我在诗里感叹朝朝暮暮、耳鬓厮磨、海誓山盟的人间爱情，有多少能够久长？有多少能够经受住时间的考验？

干什么就要有干什么的样子

人一生有几个阶段，每个阶段干什么，大体差不多。幼年牙牙学语，睁开眼睛看世界；少年坚守寒窗用功读书，增长知识和才干；青年"三十而立"，成家立业；壮年"四十不惑"，做事养家；老年"耳顺"，安度晚岁。幼少和老年大体上是成长和养老的阶段，虽然贫富有别、境遇不一，但路径一般都差不多。每个人所不同的大概主要在青壮年阶段，就看你选择了什么，坚持了什么，干成了什么，错过了什么，荒废了什么，疏忽了什么，放弃了什么；失败的是什么，成功的是什么，欣慰的是什么，得意的是什么，悔恨的是什么，遗憾的是什么。

人一生选择做什么固然十分重要，如毛泽东、周恩来、邓小平等选择了推翻一个旧制度、创建一个新制度的革命道路，建立了丰功伟绩，成了一代雄才大略的领袖人物。钱学森、钱三强、袁隆平、李四光等选择了科学救国的道路，漂洋过海，苦学深造，学成回国，献身科学，为国家建设和人类进步做出了杰出的贡献，成就了一代科学大师。焦裕禄、孔繁森等选择了为一方百姓谋福祉，全心全意为人民服务，"鞠躬尽瘁，死而后已"，得到了人民的永久怀念。雷锋同志选择了无私奉献、助人为乐，树立了"雷锋精神"，使一个平凡的孤儿变成了永垂不朽的名人。谭千秋、张丽莉等选择了人民教师的工作，"春蚕到死丝方尽，蜡炬成灰泪始干"，成为了教育战线的楷模。再如鲁迅先生，1904年，入日本仙台医学专门学校学医，想通过医学将中国人的身体变得强健。后来他发现中国人需要救赎的主要是精神，因而弃医从文，从事文艺创作，进行思想启蒙，期望以此改变国民的精神，树立民族志气。毛主席评价他是伟大的文学家、思想家、革命家，是中国文化革命的主将。

一位学人说过，人一辈子做不了几件有意义的事情。一个人只要认真做好一件有意义的事，也是有意义的人生。曹雪芹毕其一生之力，写了一部《红楼梦》，成就了一位中国历史上最伟大的文学家。作家路遥英年早逝，但他写成了一部了不起的著作——《平凡的世界》，足以青史留名。张学良、杨虎城发动了"西安事变"，成为了中华民族的伟大功臣。杨昌济教出了几名得意门生，改变了中国旗帜的颜色，颇感欣慰。王宝钏在寒窑十八年，剜菜度日，为一个自己心爱的男人守候岁月，感动了代代男男女女，她的故事也在戏剧舞台上长演不衰。

人生就是选择，选择做什么就要承担相应的职责，干部有干部的职责，医生有医生的职责，教师有教师的职责，学生有学生的职责，工人、农民各有各的职责；做人也有做人的职责，如父母有教育和抚养子女的职责，儿女有奉养和孝敬老人的职责；领头羊有职责，看门狗也有职责。人生有许多选择，但不停地选择并不是真正的人生。孔子说："君子有所为，有所不为。"人在选择时就应该清楚，自己的选择除了立志努力，还有许多客观和主观因素的制约和干扰，因而往往需要博弈，需要取舍，需要进一步抉择，鱼和熊掌不能兼得，没有一个必定成功的方程式，没有一条必然成功的途径。真正有意义的人生，应该是选择之后的坚持和不懈追求。确定了的选择，需要自己用信念去开启和坚守，用心血去铸造和经营，用岁月去打磨，用过程去保证，用成功去证明。选择很重要，成功很重要，过程也很重要，坚持更加重要。选择了的未必一定成功，未必一定有辉煌的结果，但奋斗和坚持了的一定有意义。生活本是一个追求自己目标的过程。成功能够证明选择的正确和坚持的重要，能够给我们带来许多快乐和荣誉，能够证明你的能力和智慧。过程是在奋斗中感受，过程本身就是生活，而不是预备生活，成功的喜悦是短暂的，过程的体验是长久的，因而过程就是最有意义的生活。

一个人如果具备基本的智力，不是真傻子，一辈子认真做一两件事，一定会做出成绩的。如全国道德模范杨善洲，原是一位地委书记，退休之后主动放弃安享晚年的机会，扎根大山，义务植树造林22年，建成五万多亩、价值三亿元的林场，并无偿交给国家。应该说他一生最辉煌的是当官，从小官到大官，一直当到地委书记，也是一方"诸侯"，呼风唤雨，春风得意。毫无疑问，他在官位上为国家和人民做出了很大贡献。但他为全国人民所称道的恰恰是退休后的22年，把一个人的价值发挥到了极致。再如北京市公共汽车售票员李素丽，认真刻苦地学习英语、哑语、心理学、语言学等知识，真诚、热情地为乘客服务，被誉为"老人的拐杖、盲人的眼睛、外地人的向导、病人的护士、群众的贴心人"，荣获"全国'三八'红旗手"和"全国劳动模范"称号，在一个极为平凡的岗位上做出了不平凡的业绩，得到了老百姓的赞赏。当代著名画家韩美林说，他七十多岁，做了一次手术，手术之后，一天半的时间，他画了四百幅老牛，没有重复的，没有废品。他说他曾一口气画过三百个猫头鹰。他说，在大食堂，大家都吃窝头、咸菜、韭菜包子，但却变出高智商、高情商、高格调、高境界，真是不可思议。许多人每天吃的就是米饭、面条等三顿饭，可有的变成了杰出的艺术家，有的成了著名科学家，有的成了杰出的哲学家、思想家，而有的人却是碌碌无为、一事无成、虚度一生。就像这厚实的土地上，既能长出平凡的小草，也能长出栋梁之材，可见人的潜力实在是太大了。上帝赋予每个人的能力的总量可能是个常数，一个人在某方面过了头，必然在另一方面有欠缺，一个通常意义上的弱智儿往往在某个方面很有天赋。我们搞教育工作的人，确实应该认真地思考这个问题，充分发掘人的巨大潜力，培养创新型人才，破解"钱学森之问"。

一个人选择了自己的信仰，就要坚持自己的信仰，忠于自己的信仰。无产阶级革命家选择了共产主义信仰，选择了革命道路，明知有危险、有牺牲，但他们义无反顾、奋勇向前，如瞿秋白、杨开慧、蔡和森、向警予等革命烈士，坚定信念，慷慨赴死，从容就义，决不放弃自己的崇高信仰和选择的道路。周文雍、陈铁军在刑场上举行了自己的婚礼，把刑场当做婚礼殿堂，谱写了一曲荡气回肠的生命赞歌。再如岳飞、文天祥等，在民族危难之时，奋勇杀敌，英勇献身，无比坚强，无比豪迈。学者选择了自己的学术领域和学术方向，既是一种职业，更是一种信仰。学术是一个民族良心的最后平台，学者就要坚持社会的良知和良心，具有独立的人格精神，文以载道，济世经邦，始终要高扬这个神圣的主题。做学问就是"牛角挂书"，"韦编三绝"，焚膏继晷；做学问就应"板凳要坐十年冷"，十年磨一剑，用时试锋芒。

一个人选择了自己的职业，就要忠于自己的职业，坚守自己的岗位。守职尽责，人之大义，是一个人立于人世的根本。有位医生在战场上医院，治好的伤员又上战场去战斗、去拼命，有的战死沙场，有的又负伤来到救治所，医生一天救治不了几个人，而战争却使成千上万的人死伤。医生认为自己的工作没有意义，便离开了战地医院。后来他又回来了，有人问他为什么回来了，他说："我是医生。"是的，我是医生，医生的职责就是"救死扶伤"，就是发扬人道主义精神，这就是最好的回答。战争是政治家制造和发动的政治游戏，挑起战争、主宰战争和结束战争都是政治家的责任，不是医生的责任。

明朝正德年间，宁王朱宸濠谋反，反叛阴谋已经昭然若揭。赣南巡抚王守仁劝江西巡抚孙燧一起离开江西，调兵平叛。孙燧说："我是朝廷委派的江西巡抚，这里就是我职责所在，死也要死在这里。"面对必死的结局，他毅然用生命捍卫了职责，令人钦佩不已。

宋朝的著名词人李清照和赵明诚是一对情投意合的伉俪。据说赵明诚在带兵防守一座城池的时候，蒙古兵猛烈进攻，城池岌岌可危，守城将士还在浴血奋战，作为主将的赵明诚却偷偷地从城墙上放下绳子临阵脱逃了。李清照一直视此为奇耻大辱，因而愤然写出了"生当作人杰，死亦为鬼雄；至今思项羽，不肯过江东"的著名诗篇，表达了自己的爱憎和人生价值观。

沈浩，安徽省财政厅的干部，他只要认认真真地在这样一个好单位努力工作，职务、待遇、名誉都会有。他选择到凤阳县小岗村担任党支部书记和村主任，就没有计较职位和待遇，他想做一番事业。他在小岗村工作三年，准备回去的时候，村里98名村民按手印，请求沈浩留下来。他在小岗村工作六年，取得了突出成绩，把一个贫穷落后的村子带入了"全国十大名村"的行列，而他自己却积劳成疾，倒在了工作岗位上，用生命捍卫了职责，用生命诠释了共产党员的根本宗旨。

两弹元勋邓稼先，明明知道选择制造原子弹就难免遭受核辐射伤害，甚至有生命之忧，但他仍然勇往直前，决不退缩，从来没有后悔过自己的选择，从来没有后悔冒着生命危险履行职责。

铁人王进喜，"宁可少活二十年，也要拿下大油田"，英年早逝，践行了自己的誓言。

时传祥，明知背大粪是脏、苦、累的活计，仍然几十年如一日，坚持不懈。

这些时代的精英，都是用一生坚持和守护自己的职责，用智慧践行自己的职责，用生命捍卫自己的职责。他们是我们中华民族的优秀分子，是时代的骄子，永远烙在人民的心里，就应该得到老百姓的爱戴，就应该彪炳青史。我们为他们的追求感动，为他们的坚持感动，为他们的信念和精神感动。一个家族要敬仰自己的先人，一个民族要礼敬自己的历史，更要礼敬那些为民族做出贡献的人。还有那千千万万的教师、医生、科研工作者、工人、农民、公务员，认真负责地履行自己的职责，为这个社会，为这个国家奉献了自己的聪明才智和整个人生，同样值得肯定和尊重。历史在人民心里，是非在人民眼里，成败在人民手里。具有五千年文明历史的中华民族，就要有这样一个个轰轰烈烈的志士，就要有这样一代代无私奉献的中坚，就要有一批批甘于寂寞的士子，也更需要一层层尽职尽责的普通劳动者和遵纪守法的公民。

一个人选择做什么，既有谋生的考虑，也有实现理想的谋划。一位作家说过，人生本来没有什么意义，重要的是自己要给自己设定一个意义。选择做什么，其实就是给自己设定了一个意义。因而选择了的信仰、职业，就一定要坚持。坚持得不好可以理解，但不能背离、亵渎甚至背叛。惜身，是一个人的本性和本能。一个人在危难之际不能像谭千秋、张丽莉和最美司机吴斌等人那样以身犯险、以身殉职，也是能够理解的。一个人不一定崇高，但不应该无耻，这也是做人的底线。一个送报纸的服务员失职，只能导致非常微小的后果。但一个负有重要职责的人失职或者渎职，就可能造成非常大的灾难性后果。"君子误国，其害有甚于小人"。"烽火戏诸侯"就是最大的失职，是最高统治者的失职，造成的就是最大的灾难，就是国破家亡、生灵涂炭、百姓遭殃。有些身居要职的人，总认为自己很辛苦，没有功劳还有苦劳，为自己的失职和"不作为"极力开脱，殊不知，身居要职的人，他们的失职和不作为，给国家和人民的事业造成了多么大的损失，给党和国家的声誉带来了多么大的损害。他们不仅没有功劳和苦劳，他们的失职和"不作为"行为就是一种犯罪行为。一个人对一个职位有选择的权力，但没有在这个职位上失职和"不作为"的权力。现代社会是风险社会，选择了重要岗位的人，就要懂得承担由此而来的风险。再如做人，人类由丛林的野蛮迈入文明阶段以后，就已经有了一种共同的规约和戒条，叫做"普世道德"，也就是社会公德，形成了人类共同的基本规矩。这些"普世道德"，随着人类的代代繁衍，也代代传承下来。人一生下来，首先接受的就是这最基本的做人规范教育。如果一个人没有接受这最基本的规范教育，胡作非为，无恶不作，那一定是"有人养，没人教"了。同样，做食用酒的不能在酒中加"敌敌畏"。做奶粉的不能在奶粉中加"三聚氰胺"。掌握生杀大权的不能滥杀无辜。不能见别人杀人你也去杀人。警察和盗匪不能勾结伤害百姓。官员和商人不能勾结牟取暴利。谈情说爱的和结为夫妻的情侣，无情无爱了可以分手，但不能反目成仇，互相残害。就像南朝梁元帝萧绎之妃徐昭佩，公然私通几个情夫，创造了"徐娘半老，风韵犹存"的典故。因梁元帝瞎了一只眼，徐妃化妆时只打扮一半，即"半面妆"，羞辱萧绎。萧绎也非善类，逼徐妃投井自杀，又命人捞上来将尸体送回娘家，名曰"出死妻"，可以说是两败俱伤。经营丑恶的人，就意味着抛弃美好。如今有不少人，连自己的本职工作都做不好，心浮气躁，敷衍了事，失职渎职，整天却想入非非，醉心于权和利，想方设法结交权贵和政要，渴望鸡犬升天，甚至踩着朋友的肩膀登高枝、求发展，既是对职业的背叛，也是对朋友的背叛。

常言说，热爱是最好的老师，热爱一项事业是做好这项事业的最大动力。但世上有许多事，不是因为我们喜欢、热爱才去做，从长远发展的观点看，从一个人对社会责任的角度考虑，就应该去做，必须去做，并且一定要做好。世上有许许多多的人往往只能面临一种选择，事实上就是没有选择，就是被迫接受命运的安排。即便这样，也要直面这种选择，正视这种选择，坚持这被迫的选择。只要锲而不舍地坚持，就一定会有结果，有收获，有意义。

人生有七十二行，有工农商学兵，有官吏医僧道，有主角，有配角，从文人雅士到鸡鸣狗盗者，各有所长，各有所司。木匠鲁班，行医的李时珍，教书的孔夫子都立下了行业的门规，创立了自己的事业，传承了宝贵的精神。人生就像一出戏，主角固然重要、辉煌，配角也照样精彩和灿烂。一个混日子的主角远没有一个尽职尽责的配角让人肯定，让人赞赏，让人感动。用双手创造生活的人能够得到人们永久的尊重和崇拜。认真做事、认真生活的人，才有资格解读生活，解读生命。一个从来没有生过孩子的女人，怎能总结生孩子的经验和感受呢？认真做了事的人可能也有不少遗憾，可能有不少值得反思的失误，做了事的人才能从遗憾中领略圆满；没有做事的人既没有遗憾，更没有圆满，自然也没有发言权。

我们生活在一个激情涌动的时代，一个拥有无限可能性的时代，也是一个许多人渴望成功的大时代。从古至今，没有完全相同的人生，每个人的经历和表现都是唯一，不一定达官显贵都精彩辉煌，也不一定芸芸众生都暗淡无光。身败名裂的显贵比比皆是，丰富多彩的普通百姓也屡见不鲜。一位普普通通的家庭妇女，在她具有辉煌成就的儿子眼里，也是无比的善良和高大。英雄只认实力，不问出处。生命的境界就应该是人们追求生活的意义，证明生命的意义，自信地登上人生舞台，尽情精彩地表演，充分体会那功名利禄、荣辱浮沉、爱恨情仇的感觉和滋味，然后从容优雅地谢幕，纵情山水，笑傲江湖。一个人可能遇上民风淳厚、和谐美好的太平盛世，也可能遇上世风日下、血雨腥风的战乱岁月。太平盛世也有假、恶、丑，混乱时节也有真、善、美。"屈贾谊于长沙，非无圣主；窜梁鸿于海曲，岂乏明时？"生活是最富有弹性的，不论是什么样的时代，都要对社会保持积极的想象；不论什么样的世道，也都是表现人生、表现生命的舞台和机会。春风得意时候的激情表演，能让你更加精彩风光；穷困潦倒时节的奋斗和挣扎，也有可能使山穷水尽变得柳暗花明。只要你坚定地迈步前进，路就在你的脚下延伸；只要你认真负责地干事，你就一定能够得到收获。一个人一日千里地奋进，固然是一种让人眼花缭乱的速度，是一种效率，也是一种时间观；一个人几十年如一日地坚持，默默无闻地耕耘，也是一种效率和时间观，缓慢的未必就是落后的，缓慢的在价值上也有优越性，也有更为重要的意义。

因此，干什么就要有干什么的样子，教师就要认真教书育人，燃烧自己，照亮别人，做人类灵魂的工程师；医生就要一心一意地救死扶伤，发扬崇高的"人道主义"精神；读书人就要苦学苦索，十年寒窗，坚持不懈；做工的人就要精心操作，精益求精；种田的人就要不违农时，精耕细作；守边的战士就要坚守边关，保家卫国，决不退缩。高尚要有高尚的样子，庄严也要有庄严的样子；高尚和庄严是对自我生命的忠贞，不是用来作为交换的资本。君子爱财，取之有道，用之有度。做官要有做官的样子，经商要有经商的样子，谈情说爱要有谈情说爱的样子，私奔也要有私奔的样子，赋闲也要有赋闲的样子，甚至小偷也要有小偷的样子、"盗亦有道"，羊要温顺，狗要忠诚，牛要踏实。"担当生前事，何计身后名"，干什么就要有干什么的样子，一个人才会有个样子。

2012年10月

黄河从窗前流过

每天起床，就在窗口看见滔滔的黄河水夜以继日地向东流去，黄黄的，悠悠的，不急不缓，不赶不停。每天在单位上班，看见门前的黄河从太阳落下的地方，穿山越岭，跨城过桥，不懈地奔流而来，向太阳升起的地方一泄而去。它在这里不知流了多少年、多少代、多少世纪。每天到绿色公园晨练和晚饭后散步，都是在黄河岸边运动、漫步，伴着黄河跳动，看着黄河流动，看着一架架的水车在黄河岸边滚动。总被这条孕育中华民族文明的母亲河感动，为这条充溢着千年、万年中华文化的河流感动，"黄河之水天上来，奔流到海不复回"。

黄河，发源于青藏高原的巴颜喀拉山北麓的卡日曲，呈"几"字形，流经青海、四川、甘肃、宁夏、内蒙古、山西、陕西、河南及山东等九个省、区，跨越了青藏高原、黄土高原、内蒙古高原和华北平原，全长约5464公里，流域面积约79.5万平方公里，是中国第二长河，是世界第五大长河。黄河就像一头脊背弯起、昂首欲跃的雄狮，永不停息地跨过崇山峻岭、河套平原、高山峡谷、中州大地，"白日依山尽，黄河入海流"。庄子在《秋水》一文里说：秋天汛期到来后，千百条流水注入黄河，河水大呀！隔河相望，看不清对岸的牛马。可以想象黄河过去的气势。黄河在上游，姿态优美，清澈甘甜，"天下黄河贵德清"。黄河在宁夏平原和河套平原，柔顺、平缓、舒展、娴静，风韵优雅，水源丰沛，灌溉便利，沿途水草丰美，农业发达，被誉为"塞上江南"和"塞上米粮川"，还有"天下黄河富宁夏"之说。黄河在晋陕峡谷，暴戾无常，它劈开万仞山峰，如脱缰野马，势如破竹，摧山拆岸，一泻千里，奔腾而下，跃"壶口"、破"龙门"，"黄河西来决昆仑，咆哮万里触龙门"。黄河在华北平原水流缓慢，河面宽广。由于泥沙淤积，大部分河段的河床高于流域内的城市和农田，并在不断地升高，全靠大堤约束，因而被称为"悬河"，是悬在高处的河，悬在人们心上的河。毛泽东主席曾登上邙山，看着高悬城头的黄河，非常忧虑地说："黄河涨到天上怎么办？"

世界上有几条著名的江河，成为了人类文明的摇篮。黄河孕育了中国文明，恒河孕育了古印度文明，尼罗河孕育了古埃及文明，底格里斯河和幼发拉底河孕育了古巴比伦文明，世称"四大文明古国"。四大文明古国大多在亚洲。亚洲就是亚细亚，就是太阳升起的地方，就是文明曙光升起的地方。在这四大文明古国中，其他几条河流孕育的文明都先后中断了，被外来征服者的文明取代了，甚至早已经消失了，只能到历史遗迹中去寻找了。唯独黄河孕育的纵有千古、横有八荒的中华民族，最早沐浴了文明之光，最早接受了文明之火，文明源头悠远、持续和长久，至今仍然具有强大的生命力，不断地传承，不断地发展，不断地更新。

在中国历史上，黄河及沿岸流域给人类文明带来了巨大的影响，是中华民族最主要的发源地。180万年前，在现今山西省黄河边的芮城县境内就已出现了西侯度猿人。3万年前，地处河套的内蒙古乌审旗大沟湾出现晚期智人。侯度人、河套人，以及起源于黄河支流渭水、汾水的蓝田人、大荔人、丁村人都是在母亲河的臂弯里繁衍生息，进化发展。我们的祖先，就是在这条神奇的大河边上狩猎采集，度过了华夏文明的金色童年。伏羲氏、燧人氏、神农氏创造发明了人工取火技术、原始畜牧业和原始农业技术，拉开了黄河文明的发展序幕。大约在六七年前，农耕文化就在黄河岸边诞生了，从四处狩猎到定居耕种某一片土地上，中华文明迈出了非常关键的一步。世人对古代巴比伦文明开化的评价一直是"有音乐，有数学"。1987年河南出土的16支七个孔的骨笛，表明早在七八千年前新石器时代黄河流域的先民已经掌握了一定的乐理知识，能够制作出吹奏至少六个音阶的笛子。到6000年前，黄河流域出现了以半坡文明为代表的母系氏族文化。旧石器文化遗址、新石器文化遗址、青铜器文化遗址、铁器文化遗址等遍布黄河流域。从夏、商、西周、春秋战国到秦、汉、唐、宋，中国的政治文化中心都在黄河流域，并向周边及远方扩散、演进。秦皇汉武、唐宗宋祖，一代代雄杰英主，统领中华民族，建立了世界上最强盛的中华帝国，把古代黄河文明推向了全世界瞩目的辉煌顶峰。火药、指南针、造纸术、印刷术，唐诗、宋词、汉文章、诸子百家、孔孟之道，都是黄河文明中闪闪发光的瑰宝，不仅推动了中国的发展，而且传播到世界各地，促进了全人类的进步。孔子、老子、庄子、孟子、孙子、荀子、韩非子、管子、司马迁、班固、曹操、嵇康、阮籍、李白、杜甫、韩愈、白居易、李商隐、苏东坡、王安石、范仲淹、郭守敬，还有王昭君、杨贵妃、貂蝉、文成公主等等这些响亮的名字，都是活跃在黄河流域的中华民族的政治文化精英和才色兼备的神奇女子，他们为后世留下了无数神秘浪漫、精彩纷呈、美丽凄婉的故事，代代流传。历经千年万年，在这中华民族的母亲河周边发生了许许多多的今古奇观，诞生了一个个令人神往的美妙寓言和神话故事。楚河汉界在黄河岸边；虎牢关、秦王寨、渑池在黄河岸边；鲤鱼跳龙门的故事在黄河峡谷之中；烽火戏诸侯的故事在黄河流域；武王伐纣、渭水垂钓、梦斩泾河、《洛神赋》的故事在黄河流域；黄尘古道、烽火边城、断墙残壁、秦砖汉瓦遍布了黄河流域；刀光剑影、铁马金戈的驰骋，响彻云霄的鼓角齐鸣在黄河流域；问鼎中原、逐鹿中原、地动山摇的呐喊都在黄河流域；盛世繁华的大都市东京汴梁、《清明上河图》的美妙景观至今还深埋在黄河流域；"风在吼、马在叫"的《黄河大合唱》唱响在黄河岸边。炎黄故里、山顶洞前、大槐树下踏遍了黄河儿女的足迹，走出了无数的黄河儿女。这里有李白的飞扬顾盼，这里有王之涣的登高呼喊，这里有毛泽东"数风流人物，还看今朝"的世纪豪言。可以说黄河几乎记录了中华民族的整个历史和生命进程中的所有符号，凝固了千年万年的风起云涌，承载了一部炎黄子孙的战天斗地史。就连二十四节气也主要是黄河流域的节气。中国上古的粮食作物称五谷，即稷、黍、麦、菽、粱，都是黄河流域的作物。稻是南方作物，后来传到北方，才加入五谷之中，称作六谷。黄河在《诗经》里流着，黄河在庄子的《秋水》里流着，黄河在唐诗、宋词和汉赋里流着，黄河在黄皮肤的华人血液里流着。黄河流得太有文化了。可以说，黄河是世界上最著名的河流，是蕴含文化最深厚的河流，是值得炎黄子孙无比骄傲的河流，是一条真正的"圣河"，值得我们顶礼膜拜，应该永远得到尊敬。我们几十年生活在黄河岸边，每天漫步在黄河岸边，娱乐在黄河岸边，享受着"母亲河"的养育和滋润，追随着黄河文明的脚步，诉说着黄河悠远而离奇的故事，让人怎能不感恩戴德、肃然起敬、激动万分呢？

黄河也是世界上最暴虐的河流，是含沙量最高的河流，所谓"黄河斗水，泥居其七"，"九曲黄河万里沙，浪淘风簸自天涯"；黄河在华北平原、中州大地，由于泥沙淤积导致高悬城头的河水制造了无数的巨大灾难，使黄河被称为"中国的忧患"。从有文字记载（公元前602年）的黄河泛滥开始，到1938年国民党扒花园口，两千五百四十多年间，黄河共计溃决了一千五百九十次，大改道二十六次，三年两决口，百年一改道。但让人深感神奇的是，黄河每年16亿吨的泥沙在入海口处可造出几十平方公里的陆地，把海岸线推出去好几百米。山东的东营市是黄河造出来的，6000平方公里的黄河三角洲都是黄河造出来的。黄河在黄土高原造成的水土流失和在中下游造成的决堤泛滥，又在入海口造出大片土地，利害如何计算？功过如何评说？中国古代有《精卫填海》的神话故事，但比起黄河填海来，真是微不足道。黄河之水不断扩充着大海的水量，又不断压缩着大海的地域，这真是一个非常离奇的现象。

西方史学界有一个著名观点，认为环境越困难，刺激文明生长的积极力量就越强。黄河流域之所以成为古代中国文明的摇篮，可能就是由于人类在这里所要应付的自然环境的挑战更为强烈，人们潜伏的创造力才能被刺激起来了。事实上一切形式的生命，为了生存下来，都要同外界环境进行数不清的艰苦卓绝的搏斗，在搏斗中求生存，在搏斗中求发展，在搏斗中强大自身。黄河文明就是黄河儿女与黄河抗争，利用黄河、改造黄河的结果。请听听那高亢激越的《黄河船夫曲》："我晓得，天下黄河九十九道弯。九十九道弯上，九十九只船儿。九十九只船上，九十九根杆儿。九十九道弯上，九十九个艄公，来把船儿扳。"

请听听那群山幽谷间回声蔓延的陕北民歌《信天游》："大雁听过我的歌，小河亲过我的脸。天上星星一点点，思念到永远！"听听那悠远沧桑、荡气回肠的河州花儿、宁夏花儿、洮岷花儿和山西民歌；再听听那声震屋宇的三千万老陕血脉贲张放声齐吼的秦腔，分明就是向恶劣环境挑战的狂涛和号角。再看看兰州的太平鼓，看看陕北的安塞腰鼓，看看山西的威风锣鼓，那粗犷的激情宣泄、尽情尽兴的表演，分明就是以生动有力的方式感受生命，就是抗争艰苦环境的冲动和豪气，也是应付艰险苦难的旷达和从容。中国人正是在与黄河水患搏斗的过程中，积累挫折，积累经验，积蓄力量，锻炼了坚实的体魄，铸造了坚忍的性格，涵养了浩然正气，也多了一份走向远方的自信和坚定。你看那黄河滚滚，掀起万丈狂澜；浊流宛转，结成九曲连环。孕育古国文明，它是伟大民族的摇篮。你看那奔腾而来、咆哮而去、雷霆万钧的壶口瀑布，既是黄河的象征，也是中华民族不惧艰险、勇于开拓、勇往直前的精神象征。

在古代，江，特指长江；河，专指黄河；其他河流叫做水。中国人自古就把黄河尊为百川之首，《汉书·沟洫志》称："中国川源以百数，莫著于四渎，而黄河为宗。"四渎就是四水，黄河之所以为宗，并非因其大或长，而是因其在中华民族发展中的神圣地位。黄河，黄土地，黄帝，黄皮肤，还有传说中的黄色的中国龙，这一切黄色表征，使这条流经中华心脏地区的河流升华为"圣河"。黄河就是中华民族的图腾。人们甚至认为，中国人的黄皮肤，就是黄河水染黄的，黄帝、黄色的龙都是黄河水染黄的。黄土地、黄河永远都是中国人的地理故乡，是心灵的故乡，也是血缘和基因的故乡。滚滚的黄河浪涛，就像中国人的血液永远奔腾不息、勇往直前。当年共产党在陕北的黄土地上，在黄河边上，用小米加步枪，打败了蒋介石的八百万军队，建立了新中国。小米（谷子）是百谷之首。"社稷"二字，社就是土神，稷就是谷子，代表谷神。有了陕北的黄土地、黄河水做根据地，有了谷子，就有了社稷的前提。可以说黄土地、黄河水、小米已经奠定了"社稷"的基础，再有了枪杆子和人民群众的拥护，共产党怎能不得天下呢？曾经的黄河真正是汹涌澎湃、浩浩荡荡、气势磅礴。而今的黄河却常常是那样的纤细，那样瘦弱，没有想象中的恢弘气势，并且经常出现断流情况，黄河母亲变成了"干娘"，让人揪心，让人感叹，让"不见棺材不落泪，不到黄河不死心"的漂泊四海的炎黄游子和慕名而来的友好人士非常伤心、失望，见了黄河心也不死。据说1972年黄河在山东利津第一次断流，一位从武汉专程赶来的地理女教师看着黄河干涸的河床，流下了伤心的眼泪。1997年，黄河断流时间长达226天，断流距离从开封到入海口长达七百多公里。这一年黄河水几乎没能入海。值得欣慰的是，这几年我国北方地区的降雨量有所增加，黄河水量也增加了，给黄河增加了不少气势。特别是2012年，北方地区普遍雨水充沛，风调雨顺，五谷丰登，黄河又展现出几十年难以见到的气势，浩浩荡荡，波涛汹涌，淹没了我家门前的水车博览园，连河对面的两条金色的巨龙灯也泡烂了，真是"河水泡了金龙身，自家人淹了自家人"啊！

如今的黄河，从青藏高原到东海之滨，时时处处都在为它的子孙服务，造福炎黄子孙。数以百计的大桥横跨长河，天堑变通途。黄河古渡、黄河筏子、黄河水车不再是渡河和取水的设施，都成了旅游观光的名胜古迹。刘家峡、龙羊峡、八盘峡、青铜峡、三门峡、小浪底，高峡出平湖，水电照万家。近50多年来，黄河流域修建了三千多座水库和大坝，水资源利用率达到60%以上，黄河水患已经被它的子孙有力地控制，完全化害为利了。沿黄流域到处都是崭新的民居，到处都是黄土地人精心创造设计的风格迥异的风景区和风情线，到处都是旅游度假和休闲的胜地。沿黄河的农村都成了城镇的后花园，生活着悠闲富足的农民，演绎着温馨浪漫的故事。儒家文化在这里延续，道家文化在这里延续，佛家文化在这里延续，中国古代的文学艺术、三教九流都在这里延续，以德治国、依法治国在这里并存。西方的马列主义在这里传播和生根，作为中国共产党执政治国的指导思想和理论基础；西方的哲学、经济学、文学艺术、科学技术，西方的理念和语言都在这里传播交流，安家落户，百花齐放，百家争鸣。

如今，黄河母亲孕育的亿万子民，继续生活在黄河岸边和黄土地上，改造着黄河和黄土地，走出黄河边和黄土地，回到黄河边和黄土地。欧洲有来自黄河边黄土地的中国人，拉丁美洲、非洲、大洋洲、南极洲有来自黄河边黄土地的中国人，世界各地处处都有来自黄河边黄土地的中国人，连遥远的太空也有来自黄河边黄土地的中国人的制造、中国人的声音、中国人的足迹。奥运会、世锦赛、世界杯等竞技场上，经常看到来自黄河边黄土地上的健儿佩戴着黄灿灿的金牌，面对徐徐升起的五星红旗，流着激动的泪水，唱着庄严的国歌，显示着中国人的豪气和自信。黄河母亲孕育的万千子民，带着黄土地的颜色，带着黄土地的味道，带着黄土地的腔调，迈着中国的步伐，紧随时代的潮流，与西方交流，与洋人对话，与世界握手，与强国谈判。如今，黄河边、黄土地上的黄皮肤人创造了奇迹，其发展速度，震动了资本主义国家，震动了社会主义国家，也震动了中国自己。

我是生长在黄河流域黄土地上的黄帝的子孙，对黄河、黄土地有着非常深厚的感情，我在黄土地上唱着欢快的歌："我家住在黄土高坡，大风从坡上刮过……不管过去了多少岁月，祖祖辈辈留下我，留下我一望无际唱着歌，还有身边这条黄河。"这里不是人生的荒漠，而是命运的绿洲，是我生命的乡土，是我灵魂的乡土，是我基因的乡土。那黄土山、黄土坡、黄土地、黄土窑，那黄色的流水、黄色的道路、黄色的地埂，山山水水、沟沟峁峁，以及那黄土味的风雨、斑驳的云影，都横亘在我的生命原野上，都是我的生命符号。这些黄色的符号，陶冶了我淳朴无华的性格，锻炼了我吃苦耐劳的精神，铸造了我坚定顽强的意志。我的肉体，我的血液，我的灵魂，我的前世来生，处处都是黄色因子，黄色就是我的本色。

天上的云，慢慢地飘；地上的风，轻轻地吹；无情岁月，有情天地；宇宙洪荒，天地苍茫。我面对黄河，默读黄河，追问黄河；我热爱黄河，敬畏黄河，赞美黄河，歌颂黄河。我畅想黄河，远眺黄河，"独树临关门，黄河向天外"，空间是那样的遥远，岁月是那样的悠悠；一页风云散，变幻了时空。我站在黄河边上，充满了强烈的宗教似的情感，为自己生活的黄河、黄土地感到自豪，为在黄河边、黄土地上经历的艰难困苦和精彩纷呈的岁月感到激动。我要向黄河祈祷，向黄河祝愿，向黄河鞠躬，向黄河敬礼。

2012年10月

铭刻的记忆

　　人的一生，说长不长，说短也不短。有的人一生默默无闻、碌碌无为，几十年也没有做出任何有意义和值得人们称道的事，混了一辈子，真是"几十年如一日"。有的人在很短的时间里却做了很有意义的事业，在人生旅途中留下了一段难以磨灭的辉煌片段，如焦裕禄在兰考县只有一年零三个月，却谱写了一个长长的精彩故事，让后人不断地感动，不断地赞叹，不断地回忆，不断地怀念。人一生的旅途中会遇到许多人，许多事，许多风风雨雨，许多沟沟坎坎，无意中会得到贵人相助、命运垂青、机遇光顾，当然也会被命运捉弄，被苦涩包围，被他人算计，被历史误会。我这一生，比较坎坷，也比较幸运。坎坷的是少年丧亲，早年饥饿伴身，中年多病。幸运的是，工作旅程，也可以说仕途还比较顺利，做事的年龄赶上了热血涌动、梦想成真、"风风火火闯九州"的改革开放时代；中老年时节又欣逢尊重生命、重视民生、老有所养、病有所医的繁华盛世。在我已经走过的六十年的人生旅途中，我也幸运地遇到过无私相助的"贵人"，遇到过真诚相待的朋友，遇到过人生转折的机遇，遇到过展示自己生命才华的平台。因此，我由衷地感谢命运，感谢上苍，感谢时代，感谢每一位推动这个社会发展进步、繁荣昌盛的人物，感谢每一位帮助过我的亲朋好友，铭记着激励自己、关心自己前途的谆谆教诲和金玉良言。

在我的人生旅途中，最关键的转折机遇就是上大学。记得四十年前，我高中毕业之后回乡劳动，每天头顶一片天，脚踏一方土，顶着星星出工，乘着夜色回家，战天斗地，土里刨食，在一片贫瘠的土地上，收获着微薄的希望。夏秋季节主要忙庄稼活，耕田种地，锄草送肥，收割打碾；冬春时节主要是搞农田基本建设，修梯田，填沟筑坝，每天一个人要挖掘和运送十方土，劳动量之大可想而知。1974年我担任了本队三年制小学的代课老师。我一个人，十几个孩子，分三个年级，一间仓库作教室，这就是我从事教育工作的起步，也是我与教育工作缘分的源头。记得那时我们公社有一位学区校长——马建玺，主要负责全公社学龄儿童上学和扫盲工作，负责各村小学的教育工作，他就是我命运中无私相助的贵人，是我永远不会忘记的人。

马校长是我们会宁县白草塬人，长我十岁，1965年参加工作，担任小学教师，上世纪七十年代在我们青江公社担任学区校长。在我担任村里三年制小学老师的时期，马校长经常来村里检查工作，督促我积极动员学龄儿童上学读书，帮助我改善村里的办学条件，办好学校，教好学生。1975年，我高中毕业回乡劳动锻炼两年多了，符合当时推荐上学的规定条件。那年，县里给我们公社分配了七八个推荐上学的指标，有大学名额，有中专名额，有普通班名额，有社来社去名额，其中最好的一个名额就是甘肃师范大学（现西北师范大学）普通班名额，其他的就是社来社去的中专和大学名额了。马校长就把最好的名额给了我，推荐我上了甘肃师范大学化学系，从此我的命运也就如芝麻开花——节节高。记得马校长在我担任三年制小学老师和推荐我上大学的近两年时间里，到我们生产队来过多次，但在我家只吃过一顿饭，准确地说就喝了两碗玉米面菜汤，临走时还放下了两毛钱，半斤粮票。那是我永远不会忘记的一顿饭的饭钱，重如千斤，价值千金，充分体现了一个共产党员领导干部无私奉献和荐人为贤的高尚情操和精神，这种精神一直感动着我，激励着我，鞭策着我。

　　据说研究宇宙运动的大科学家牛顿，对于宇宙的初始运动十分费解，一直得不到正确解释，临终之时，他的学生还在向他请教这个问题，困惑的牛顿挥了一下手说，那是上帝推了一把。那就是把未知的世界和困惑交给上帝，让上帝去解释。曾几何时，当我回首我的生命旅程时，当我与亲友谈论我的人生际遇和关键转折之时，我也常常认为上大学是我命运中最关键的转折点，那就是上帝推了一把，是上帝借助一位"贵人"的手推了我一把。古谚说得好，机会老人先给你送上它的头发，如果你一下没有抓住，再抓就只能碰到它的秃头了。庆幸的是我抓住了机会老人的头发，而不是碰到那个抓不住的秃头。从那时起，我就走出了"一方水土难养一方人"的黄土地和黄土高坡，走出了山寒水瘦的穷乡僻壤。从那时起，我就走进了省城，走遍了全国，到过亚洲、欧洲和拉丁美洲的许多国家和地方。从那时起，我也从事了有意义的工作，参与了省级教育发展的策划，担任了一定高度的职务，思考了相当深度的问题，解决过相当难度的困局，踩着时代的脉搏，讲着春天的故事，经历了丰富多彩的生活。每当回首这些经历的时候，每当午夜梦回的时候，我总是不会忘记这上帝之手，不会忘记在最艰难困苦之际推了我一把的那位校长。

马校长为人热情，待人诚恳，工作认真负责、一丝不苟，脸上常常洋溢着温馨的笑容，给人一种春风化雨般的感受，激励着人心情愉快地努力工作。正是由于他的这种工作热情和工作精神，为本县教育事业做出了突出的成绩，1991年他被评为全国优秀教育工作者。据说他只有初中文凭，但他几十年如一日，坚持学习，刻苦钻研业务，努力提高自己的能力和水平，不断探索教育教学的规律和技巧，教出了一批非常优秀的学生，被市县评为小学高级教师，还被树为"会宁名师"。马校长是一位典型的基层教育工作者，从参加工作到退休，一直在乡镇当老师、当学区校长或主任，勤勤恳恳，兢兢业业，爱岗敬业，忠于职守。他被评为全国优秀教育工作者的时候，就在距离县城几百里路的白草塬乡教委工作。

会宁是一个靠天吃饭、十年九旱、"苦甲天下"的地方。会宁人从古到今最关心的主要是两件事，过去主要关心什么时候下雨，现在还关心一件事，就是谁家的孩子考上了大学。现在会宁有两个比较珍贵和响亮的品牌，一个是中国工农红军"三军会师"的红色圣地，是与井冈山、瑞金、遵义、延安并列的革命圣地。另一个就是会宁教育。会宁教育是"三苦精

神"的发源地，教师苦教、学生苦学、领导苦抓的
"三苦精神"就是会宁人最早总结出来的。会宁的
"三苦精神"在过去和现在激励了一代又一代学子刻
苦攻读，曾经唱响整个陇原大地，也曾传遍全国各
地。教育的"三苦精神"就是会宁县的品牌，后来又
发展为"五苦精神"，增加了家长苦供和社会苦帮。
几十年来，许多兄弟县学习会宁抓教育的经验，大力
倡导"三苦精神"和"五苦精神"，用会宁教育的精
神激励他们的学子奋发图强，也都收到了显著的效
果。不知什么时候，什么原因，会宁的三苦或五苦精
神变成了"领导苦抓、社会苦帮、家长苦供、教师乐
教、学生乐学"的"三苦两乐精神"，把会宁品牌
"三苦精神"中的两个最重要的主体——"教师苦教"
和"学生苦学"变苦为乐了，真是让人匪夷所思，难
以理解。读书辛苦、教书清苦自古而然。上帝当年把
人类之祖亚当和夏娃逐出伊甸园的时候就曾立誓说：
"你们只能以自己的血汗去换取面包。"可以说苦难是
人类生活的共同源头。读书可以作为消遣，也可以作
为装饰，但中学生读书是实实在在的谋生途径，是为
饭碗和面包努力奋斗，必须付出艰辛和血汗，特别是
应试教育，没完没了的演练，没完没了的考试，时时
刻刻的排名，一重又一重的压力，真是苦不堪言。十

年寒窗无人问，三更灯火五更鸡，苦学苦读苦索，这个苦是主动地吃苦，是刻苦，不是被动地受苦。古人读书都有"头悬梁，锥刺骨"的记载，有"凿壁偷光"、"映雪夜读"和"囊萤勤学"的佳话，十年寒窗，刻苦攻读，"书山有路勤为径，学海无涯苦作舟"。一个苦字，道尽了莘莘学子的酸甜苦辣，也道尽了老师殚精竭虑、燃烧自己、照亮别人的蜡烛精神。如今的会宁，在县城有上万个"陪读"出租屋，都是家长陪孩子读书的租住房屋，那就是一个个苦读的学子和苦供的家长吃苦用功的形象。逼仄的小屋，简陋的设施，极其普通的饮食，以及沉重的负担，只有苦字才能准确表达读书生活艰苦的含义。读书有乐，那是苦中之乐，是苦中作乐，那乐是苦涩的、沧桑的，午夜书生，也是十分悲壮的。如太史公所言："文王拘而演《周易》，仲尼厄而作《春秋》，屈原放逐，乃赋《离骚》，左丘失明，厥有《国语》，孙子膑脚，兵法修列，不韦迁蜀，世传《吕览》，韩非囚秦，《说难》《孤愤》。"司马迁受宫刑，《史记》传世。这些圣贤的作为，是因苦难而发愤之所为，因发愤而做出了不朽的业绩。但苦难永远是苦难，在他们心底是永远忘不了的痛。记得我上高中的时候，在学校住的房间冬天没有任何取暖设备，并且漏风漏雨，吃的就是杂粮馍就开水，那真是苦啊！如果读书没有任何希望，谁乐意受这样的苦呢？许许多多的高中毕业生，考上大学之后，就把高中的课本和学习资料一下子全部卖给废品收购站，有的甚至干脆从窗口扔了出去，以发泄那日日夜夜遭受折磨的怨愤。学生乐意读书，就是因为读书能改变自己的人生轨道，是书中朦朦胧胧的所谓"黄金屋"、"颜如玉"和"千钟粟"在激励着学子，也激励着家长。而读书本身就是要苦学、苦读、苦思、苦索，刻苦钻研，勤学苦练，不吃苦中苦、难为人上人。不仅家庭条件差的学生要吃苦，家庭条件好的也要吃苦。至于教师乐教还是苦教，每个中学教师一定会有深刻的体会。如果有可能，他们大多数一定会更加乐意去当"苦抓"的领导。

会宁教育曾经是一个传奇，也是一段美丽的佳话，这个传奇和佳话还在不断地延续着。会宁教育也是会宁人走向社会、走向世界、走向新天地的一个台阶和梦想。像马建玺校长这样的教育工作者，就是会宁传奇的创造者和实践者，也是"三苦精神"的实践者，是会宁教育的脊梁。如今安度晚年的马校长，一定在为会宁的教育骄傲，为自己曾经付出的心血欣慰，也一定殷切地期望会宁的教育传奇能不断地延续下去，发展下去。我永远不会忘记马校长，会宁人也一定不会忘记像马校长这样的、为会宁教育做出贡献的老教育工作者。

2013年3月

背 景

什么是背景？背景就是人们意识对象所依从的"土壤"；背景就是对人物、事件起作用的历史情况或现实环境；背景就是衬托主体事物的景物，对事态的发生、发展、变化起重要作用的客观情况；背景就是背后的衬托之物。

在自然界和人类社会发展过程中，背景是一个十分强大并且非常神秘的客体。自然界许多景象并不是主体的真实，而是背景的作用。如月亮本来就是不发光的卫星，由于太阳的缘故，才出现了明月清风的美景。晴朗的夜空闪烁的星辰，大部分都是自行发光的星体，但由于距离和太阳的缘故，人们只能在夜晚看到它们，欣赏那满天星斗。在漆黑的夜晚，一堆熊熊燃烧的篝火能够照亮半边天际，那是何等的气势、何等的壮观；同样一堆熊熊燃烧的篝火，在艳阳高照的正午时分，那是何等的渺小和微不足道。再如宇宙中的黑洞，事实上是一个质量极大的星体，将周围的光线全部吸入，因而在满天星斗的天空看上去它就像一个空无一物的黑洞，科学家干脆就把它命名为"黑洞"。所有这些景象，都是背景压迫主体，客体掩盖主体的结果，因为背景太强大了，或者说背景太显眼了，掩盖了主体的真相，展示给人们假象。因此，可以说我们平常看到的事物未必就是真实的事物，平常看到的景象未必就是真实的情况，背景往往在起着十分重要的作用。拨开背景的笼罩，才能看到事物的庐山真面目。

在人类社会，背景更是如影随形，影响着事件的发展，影响着人生的沉浮，影响着历史的走向，也影响着社会的进程。许多帝王将相为了达到自己的政治目的，给自己制造或虚构背景。如皇帝为了巩固自家的皇权，就认定自己不是一般人，自封为天子，即天的儿子，西方人说是君权神授，中国人说是天赋皇权（天命所归）。《史记》写刘邦，说高祖母亲在湖边休息小睡，梦见与天神相遇交合；刘邦父亲也看见一条蛟龙在刘太婆身上。此后刘太婆便怀了孕，生下了儿子刘邦，表明刘邦就是龙子龙孙。洪秀全创立拜上帝会，自己为教主，凡事请示上帝旨意，实际上就是把自己的主意变成上帝的旨意，把自己封为上帝的代言人，用迷信的办法控制信从者，建立地上的"天国"，实现自己的野心。《三国志》写曹操，就上溯到汉初的曹参，其实曹操的父亲曹嵩，是宦官曹腾的养子，曹腾的祖上才能上溯到曹参，曹操与曹参并没有血缘关系，曹操也从来不说他是宦官之后，而到处宣扬是曹参之后。《三国志》写刘备就上溯到汉景帝，说刘备是中山靖王之后、汉景帝阁下玄孙。其实此时的刘备已经成了一介草民，到了贩草鞋、织席子为业的地步。陈胜吴广造反，也要先安排背景，在帛上写了"大楚兴，陈胜王"六个字，暗中放进别人刚捞起来的鱼肚里，以昭示世人；并安排吴广到营地附近树林子里的神祠去，夜间点起火堆，模仿狐狸的声音，叫"大楚兴，陈胜王"。这些小伎俩都是在表明陈胜是有来历、有背景的人物，不是平庸之辈，跟着他造反一定能够成功。元朝末年韩山童、刘福通起义，也是制造"莫道石人一只眼，挑动黄河天下反"的民谣，用的也是同样的手法。《水浒传》中的宋江，文不能安邦，武不能服众，为笼络天下英雄，就编造出"耗国因家木，刀兵点水工。纵横三十六，播乱在山东"的民谣，又编造了在还道村遇九天玄女、授三卷天书的故事，并设局在忠义堂前挖出石碣天文，标明宋江就是"天魁星呼保义"，就是水泊梁山的领袖。由上可见，背景是何等的重要，那些觊觎皇权的野心家，都会给自己制造一个非同寻常的背景，以达到自己不可告人的目的。

不少很有能力和实力的人也要寻找或保持比较强的背景，以便实现自己的抱负。李白是中国历史上最伟大的诗人，自唐至今，名传天下，妇孺皆知。为了自己能被提携，他曾写了一篇著名的文章——《与韩荆州书》，开篇就恭维说："白闻天下谈士相聚而言曰：'生不用封万户侯，但愿一识韩荆州。'"并十分卖力地推荐自己："白，陇西布衣，流落楚、汉；十五好剑术，遍干诸侯；三十成文章，历抵卿相。虽长不满七尺，而心雄万夫。"而他尽力恭维的韩荆州——韩朝宗，仅仅是一个荆州大都督府长史、兼襄州刺史，当时因提拔后进而享有盛名。如果不是李白这篇文章，后世有多少人能知道历史上还有韩朝宗这么一个人物。戚继光是名副其实的民族英雄、抗倭名将，带出了一支所向无敌的私家武装——戚家军。他用"义乌人"训练的戚家军和他自己创立的"鸳鸯阵"、"五行阵"和"三才阵"等阵法，天下无双，所向披靡，让倭寇闻风丧胆。就是这样一位民族英雄，为了实现自己保家卫国的夙愿，不得已也要敛财行贿，在黑暗的朝廷里寻找背景、靠山，保证自己能把抗倭事业进行到底，最后也确实实现了功成名就。古人曾说，要讲风流，当数魏晋人物晚唐诗，晚唐诗的代表人物当数李商隐和杜牧。以李商隐的才情、才气、才学和才能，即使没有背景的支撑，在以诗取才的唐代，一定能够在仕途上一帆风顺、春风得意。而李商隐偏偏得到命运的过多的"垂青"，两位封疆大吏关照他，一个是当朝高官名士、天平节度使令狐楚助他学业有成、跃入龙门；另一个是泾原节度使王茂元，使他成为乘龙快婿，爱情和事业的前景一派光明。但是没有想到，这两位封疆大吏恰恰是以牛僧儒和李德裕两个宰相为中心的"牛李党争"的两派的重要成员。李商隐因此而深深地陷入"党争"的旋涡，难以自拔，最后郁郁寡欢，英年早逝。孔家因出了个孔夫子，因此几千年连续修着家谱，极力保持着显姓的背景。蒋介石大权在握的时候，又攀上宋孔两大家族，形成了民国时期的三大家族，把背景经营得无比坚固，可谓烈火烹油、权势熏天。从古到今，通过联姻强化背景的人和事比比皆是，有许许多多的人通过这条路攀龙附凤、鸡犬升天，逢凶化吉、遇难成祥。当然也还有许多人因此而深深地陷入灾难的深渊，难以自拔，甚至被株连九族，糊里糊涂地一起遭殃。如明代的文坛领袖方孝孺，不愿为篡国的朱棣写即位诏书，朱棣威胁要灭其九族，方孝孺扔下一句狠话：灭我十族都不干。于是丧心病狂的朱棣把师生关系作为第十族，加到九族之中给灭了，被杀者八百多人。这些人中不知有多少人享受了方氏的背景恩惠，但这灭族之祸却是人人都摊上了，你说冤不冤？

有的人由于具有不利于自己发展的背景，因而就想方设法消除不利的背景。如中国古代最有名的兵法就是孙吴兵法，就是孙武、孙膑和吴起的兵法。吴起是战国时期最杰出的军事家。吴起在鲁国求取功名时，齐国出兵要与鲁国交战，有人推荐吴起带兵与齐国交战。但鲁国国君因吴起的妻子出身于齐国而犹豫不决。吴起知道后，为了消除这个不利的背景，竟然将妻子杀了，史称"吴起杀妻求将"，真是寡恩寡情。据说南宋时，有个人冒充秦桧的亲戚到地方上诈取钱财。有个地方官给了钱后又向秦桧行贿，并说出他这个所谓的"亲戚"诈取钱财的事。秦桧听后惊讶地说，这个人竟敢冒充我的亲戚，真是胆大包天。可见当时拿秦桧作背景，具有何等威力。自从秦桧被钉在历史的耻辱柱上之后，谁也不会再想与他这个卖国贼、残害忠良的大奸臣沾亲带故。乾隆年间的江南才子秦涧泉，到杭州拜谒岳飞庙，看到跪在地上的秦桧像，即吟诵一联："人从宋后少名桧，我到坟前愧姓秦"，表明自己对同姓人这个背景的惭愧，也表明他非常憎恨这个同姓人，同他划清了界线。

历史上许多人由于没有强有力的背景扶持，以致奇翅难展、神足难驰、夙志难酬。汉代的飞将军李广，武艺超群，战功卓著，却到死也不能封侯，以致有了"冯唐易老，李广难封"的成语。他没有封侯，不是因为没有战功和能力，而是因为没有强有力的背景。因为没有背景，已经封侯的儿子被霍去病射死，竟然不了了之；因为没有背景，智勇双全的孙子李陵也被迫降了匈奴，家人全部被处死，为他说话的司马迁也遭受了奇耻大辱的宫刑。李广一门也并非出身草根阶层，一门三代都是将军，都是有背景的。可惜李广爷孙三代生不逢时，李广遇到的是比他更有能耐、更有背景的大将军卫青，是汉武帝的小舅子；他儿子遇到的是卫青的外甥、勇冠三军的骠骑将军霍去病；孙子遇到的是汉武帝宠爱的李夫人的兄弟、贰师将军李广利。与这样重量级的人物及其背景抗衡，那只能接受这不幸命运的摆布。李广、李陵也是英雄，是悲剧英雄。《红楼梦》里大观园中的林黛玉，虽然是贾母的外孙女，也是很有背景的人物，但与"丰年好大雪，珍珠如土金如铁"的四大家族的薛家小姐薛宝钗相比，那背景就差了不少。她与贾宝玉生死相爱的"木石前盟"，只能被所谓的"金玉良缘"取而代之，只能发出"黄土垄中，女儿命薄"的感叹。

人世间背景的形式和表现各式各样，几乎是无处不有，可以作为背景的东西也是形形色色。但归根结底不外乎权力及其衍生物。例如，名门望族可以成为背景，王侯将相就是强大的背景。结亲可以成为背景，如皇亲国戚就是强大的背景，"皇上的外甥"就是通常人们说的最大的背景。上下级关系可以形成背景。师生关系可以形成背景，如科举时期的门生关系，黄埔军校的师生关系，都是强有力的背景。同窗关系可以形成背景。同乡关系可以形成背景。名声可以形成背景。供职单位可以形成背景。良好的经济条件是一种背景，书香门第也是一种背景。有名的品牌、外国的招牌也能形成背景。恩爱的夫妻也受背景的影响，"不是东风压了西风，就是西风压了东风"，背景强的往往掌握着话语权、经济权甚至统治权。在权门混的人，大大小小都有些背景。一个极其普通的人也能形成背景，至少可以作为狗的背景，说"狗仗人势"、"狗眼看人低"、"打狗要看主人"，就是说要看狗的背景；狗望见家，气势顿长，家就是狗的背景。许许多多的人或多或少，可能都有一点背景。一点背景没有的人，几乎没有任何分量。同样，一个人不能被他人所利用，或者说没有一点利用价值，就像一个物件不被人利用一样，就是废物、就是废人。背景有大有小，大者可以让人平步青云，小者也能让人得到不少好处。

吴承恩是个深谙背景作用的人，他写了一部小说《西游记》，说的基本是天国和妖魔鬼怪的事，但却是真正的人生哲学。孙猴子是个从石头缝里蹦出来的小子，没有什么背景，不知天高地厚，自封齐天大圣，结果被如来和观音捉弄，戴上了紧箍咒，就老老实实地保护唐僧到西天取经。经过一番磨难，孙猴子还是学乖了，变精了，一旦发现兴风作浪的妖精本事了得，就知道不是凡间来的，在天宫肯定有背景；知道要降伏这样的妖精首先要解决其背景问题。可以说寻找背景降妖是孙猴子的特殊本领。《西游记》的作者吴承恩在书里借孙猴子说了一句话，"皇帝轮流做，今日到我家"，那就是公然挑战天庭、天子的权威和背景，结果害得这样一部人生哲学的教科书被禁许多年。

背景是个很难捉摸的东西，它常常深藏不露，它对主体产生的作用和双刃剑的效应常常难以估量，甚至在一定范围的影响也是难以预测的。许多资质平平的人，因为背景的作用，再加上自身的努力，干了一番事业，甚至青史留名；许多天性灵慧、颇有见识和才干的人，因无背景依靠，没有遇到好的机遇，遗失草泽，一生碌碌，令人遗憾。有些有较强背景的人，一生中也做出了比较显著的成绩，但由于背景的笼罩，那些成绩就显得微不足道；而有些没有任何背景的人，做出了一些成绩，却显得很突出，与众不同。有的人总认为没有背景就一事无成，因而就极尽钻营之能事，"朝叩富家门，暮随肥马尘"，趋炎附势地扭曲自己的形象，让人鄙视；而有的人却没有刻意寻求背景的支持，努力奋斗，顽强拼搏，闯出华山一条路，让人羡慕和称道。有的人依赖背景，吃老本，一生碌碌无为；有的人因无背景的扶持，自甘沉沦，也一事无成，甚至穷困潦倒。有些出身草根、没有任何背景的人，经过若干年的孤身奋斗，经营出一片新天地，有了一定的地位和权力，自己就成了亲友的背景，亲友却成了有一定背景的人。常言说"英雄不问出处，只认实力"，凭实力成为英雄的人又可能会成为别人的背景，使别人成为有出处的"英雄"。陈胜曾经发出"王侯将相，宁有种乎"的感叹，从古到今有的背景还真是有"种"，代代传承，盘根错节，你不服不行啊！有的人荣幸地依靠背景扶持，走出了人生发展的第一步，后来由于自己的勤奋努力，不断进步，不断发展。但人们总是认为这是背景的作用，并非自我努力的结果。他想消除这背景的影响，表明自己的实力，变成一个自在清白的人。可这又谈何容易？

　　我是个没有任何背景的人，祖上上数许多辈都是草根阶层，都是文盲。没有强亲显姓的支持，没有权贵后台作为依靠，没有书香门第的熏陶，没有诗礼传家的传统，更没有攀上龙、附上凤。因无背景，故胸无大志，腹无良谋，小康即安，见好就收，知足常乐，没有出息。因无背景，故上学读书的时候就勤奋学习，刻苦钻研；参加工作了就勤勤恳恳，兢兢业业，努力工作；当了一个小小的负责人就尽职尽责，不敢懈怠；掌权了就如履薄冰，如临深渊，谨慎从事。因无背景，不敢像强者那样创造机遇，不敢像智者那样抢抓机遇，只能像弱者那样等待机遇，期望撞响命运的晨钟。因无背景，故没有曲意奉迎的应付，没有欠情欠债的负担，没有神秘背景的笼罩，比较自

在，比较轻松，比较从容。没有背景也有没有背景的
好处。

2012年12月

热爱兰州

　　我在兰州生活了近四十年，在这里上学，在这里工作，在这里生活，在这里结婚生子，在这里安家立业，也即将在这里退休，安度晚年。对兰州的山川河流、风土人情和人文气候都比较了解，比较适应，比较热爱。我总是认为，兰州比较适宜人类居住生活，尤其适宜北方人居住生活，兰州是个好地方。

　　兰州又称金城，地处黄河上游，是中国西北的区域中心城市和交通枢纽。中国七大军区之一的兰州军区本部和中国十八个铁路局之一的兰州铁路局本部都设在兰州。兰州市区南北群山环抱，孕育中华民族文明的母亲河自西向东穿城而过，是全国唯一一个黄河穿城而过的省会城市，山静水动，形成了独特而美丽的城市景观。兰州地处祖国内陆，属温带季风性气候，年平均降水量360毫米，年平均气温10.3℃，平均海拔1500米，无霜期180天以上。

早在5000多年前，人类就在兰州这块地方繁衍生息，传承中华文明，并不断扩大和发展。公元前215年，秦始皇派大将蒙恬西征，正式把兰州地区纳入秦国版图，自此兰州一直是中国西北军事重镇。西汉时在兰州设立县治，并取"金城汤池"之意而取名金城。隋朝改置兰州总管府，始称兰州。从此以后，兰州一直都是西北地区的一个政治经济文化中心。自汉至唐、宋时期，随着丝绸之路的开通，出现了丝绸西去、天马东来的盛况，兰州逐渐成为丝绸之路重要的交通要道和商埠重镇，是联系西域少数民族的重要都会和纽带，在沟通和促进中西经济文化交流中发挥了重要作用。张骞出使西域，马援、班超、霍去病、薛仁贵开疆拓土、保家卫国，王维、王之涣、王昌龄、岑参在边塞的行吟，李白从中亚回归故土，都在这里留下了足迹。唐朝边塞诗人高适曾题诗《金城北楼》："北楼西望满晴空，积水连山胜画中。湍上急流声若箭，城头残月势如弓。垂竿已谢磻溪老，体道犹思塞上翁。为问边庭更何事？至今羌笛怨无穷。"热情地赞美了兰州的自然人文景观，抒发了自己的情怀。唐代诗人沈佺期、岑参，宋明时期的文人骚客，清代名人吴镇、张澍、林则徐、左宗棠等都留下了歌颂兰州的著名诗篇。可以说两千多年来，兰州一直是文人墨客深情歌颂的地方，也是戍边将士整装待发、情系故土的地方。

新中国成立后，随着国家重点建设项目和大型企业向甘肃兰州等地的转移布点，国家的重点大学和中国科学院兰州分院等大专院校和科研院所相继在兰州建设发展，五湖四海的各类人才汇聚兰州，各行各业的精英奔赴兰州，给兰州这个古老的城市带来了活力、增强了实力、注入了灵气。从此，兰州便成了有志、有识之士建功立业之地，也是国家开发大西北、建设大西北的前沿阵地，更是控制和稳定大西北的最重要的军事基地。

兰州是一个自然灾害和人为灾难都比较少的地方。兰州既不炎热，也不奇冷，四季分明，既没有如北京冬季那样刺骨的寒风，也没有如西安、南京、武汉、广州、重庆等地的夏季那样如火炉般的炎热，兰州比较温和舒适，特别是夏天的凉爽，让游人非常赞赏，流连忘返。当沿海地区遭受台风袭击、山呼海啸、大雨倾盆的时候，兰州仍然是风和日丽或者细雨蒙蒙。当长江、淮河流域以及沿海地区因强降水而导致洪水泛滥的时候，当黄河下游河堤决口、百姓流离失所的时候，黄河虽然穿兰州城而过，但河水温顺平缓，悠悠东去，没有发生过大的水患。当南方梅雨季节到处潮湿阴凉、衣服长出绿毛的时候，兰州从来没有这个担忧。当血吸虫病、包虫病在南方等地危害人们健康的时候，兰州也没有这个担忧。当毒蛇、毒蜘蛛、蝎子在不少地方威胁人的生命安全的时候，兰州同样没有这方面的担忧。当东北、内蒙古、新疆遭受暴雪袭击的时候，兰州常常是祥云悠悠、瑞雪飘飘、诗情画意。兰州地处高原却没有高原病害。兰州没有出现过严重的鼠害、蚊害、兽害。兰州由于地处西北，当中原遭受战乱的时候，不少文人士人到兰州地区来做事、做学问，躲避战乱。当东北地区遭受战争威胁的时候，珍贵的文溯阁《四库全书》来到兰州地区，受到精心珍藏和保护，至今仍然是甘肃省的瑰宝，吸引了无数海内外的友人和游客前来观光，交流学问。

兰州有群山的拥抱，有母亲河的滋润，沐天风、接地气、浴阳光、通河源。山的怀抱聚了天地灵气，水的滋润孕育了日月精华。正是兰州的天地灵气和日月精华以及兰州人的精神，熏陶出了一批批学富五车的专家学者和博导院士，熏陶出了一个个脚踏实地、与时俱进的人民领袖和国家政要，熏陶出了《读者》《丝路花雨》《大梦敦煌》这样的精品读物和艺术瑰宝。

兰州是个比较开放的城市，从来不排外，从来不欺生，没有偏见，没有陋习，具有很强的包容性，不像在广东一定要学点粤语，在上海要学会上海话，在兰州操着各种方言的人，穿着各种服装的人，来自各个地方的人，都能安身立命，建功立业。儒家文化、佛家文化、道家文化、伊斯兰教文化以及西方的自然科学、哲学、经济学、社会学等都能够在这里传承和扎根。兰州有自己的特色饮食，但吴越的甜食、巴蜀的麻辣、广东的海鲜、长白山天山祁连山的山珍、山东的煎饼、山西的削面、新疆的烤羊肉、天津的狗不理等天南地北的特色食品都能在这里注册落户，在这里生根开花结果。兰州当地出产的白兰瓜、兰州百合、软儿梨、蜜桃、大西瓜、水烟，以及当地人创立的牛肉面、兰州砂锅、灰豆子、酿皮子、甜醅子和手抓羊肉等，吸引了大批的游客，并深得远道客人的青睐和赞赏，也让多少游子魂牵梦萦。

兰州是一个典型的北方城市，它不像杭州那么艳，不像苏州那么老，不像扬州那么瘦，不像广州那么奢。生活在兰州的人也是典型的北方人，他们不像广东人那样善于发财，不像温州人那样善于经商，也不像山西人有"九毛九"的精明。但兰州人爱国爱家，兰州人踏实、厚道、执著、吃苦耐劳，有决心和毅力、肯下功夫，兰州人秉承的甘肃精神就是"人一之，我十之；人十之，我百之"。

当南方人演唱着昆曲、越剧、黄梅戏，吟唱着"风含情、水含笑"的时候，兰州人正热闹喧天地漫着花儿、吼着秦腔，表演着粗犷豪放、酣畅淋漓的"太平鼓"。当南方人操着二胡演奏着《二泉映月》《空山鸟语》的时候，兰州人正操着唢呐、琵琶和板胡演奏着秦音、陇声和《十面埋伏》《阳关三叠》。当南方人品着黄酒、绿茶和甜食点心的时候，兰州人正在喝着老白干和三泡台，吃着手抓羊肉和牛大碗，猜拳行令，意气纵横。这里的男人不失北方汉子的豪爽粗犷，这里的女人富有南国佳人的婀娜多姿。这就是兰州人的性格和风格，诚实稳重，落落大方，正直阳刚，古道热肠，不浮躁、不势利、不喧嚣，有是非之心，有正义之感，很古老、很现代、也很文化。滔滔黄河奔腾不息的是兰州人赤热的血液，皇天后土造就的是兰州人的朴实勤劳。

兰州地处河谷地带，没有青藏高原和内蒙古高原的空阔，没有华北平原、三江平原和东北平原的旷远。它是有限制发展的城市，它不会成为北京、上海那样的特大城市，它只能是一个中等城市。在这样的中等城市生活，没有压迫感，没有漂泊感，不担心找不到家门，不担心找不到亲友，不担心在环环相套的环城路上找不到方向。在这里，背靠大山、面临大河居住生活，有脚踏实地的感觉，有紧接地气的感觉，有故乡家园的感觉，有悠然自得、诗意栖居的感觉。在这样的中等城市生活，总觉得自己能够驾驭这个城市，能够驾驭这里的生活。在这样的环境里生活的兰州人不像广东人那样脚步匆匆、忙忙碌碌；也不像温州人那样四处寻找商机、漂泊江海。兰州人平静温和地生活在这群山河谷之间，做事慢但有耐性，不急不躁，有一种曾经沧海的从容，从容的生活节奏、从容的生活态度、从容的生活哲学，消费现在、烂漫今生，没有太多的庄严感和悲壮感。富人过平常的日子，穷人也过平常的日子，平平常常的日子也能过出有滋有味的情节来，有一点坦然面对生死荣辱的人生态度。在这里生活的兰州人热情而不狂热，认真而不斤斤计较，面对新潮比较淡定，面对时髦比较传统，不会盲目跟风，不容易随便被煽动，不会听说"世界末日"来临，就赶快把存款全部花光，兰州人的辛苦钱那是一定要牢牢地攥在手里的。

兰州也有不少缺点，例如冬季空气干燥，烟尘较多，空气质量较差。这里的沙尘是所有北方城市都不能幸免的，兰州有沙尘，呼和浩特有沙尘，银川、西安、北京都有沙尘。这里的烟尘，是因为兰州冬季风力太小造成的。冬季风小，没有寒风刺骨的感觉，不会有风沙肆虐的担忧，这本来是兰州的一大优点。这里的烟雾，是城市过多的人口和车辆造成的。它不是城市本身的硬性缺陷，而是人为的结果，只要下决心，兰州人就一定能够解决冬季空气污染的问题。2012年与2013年相交的这个冬天，东南和华北地区出现大面积雾霾天气的时候，兰州却是空气清新。兰州的这个冬天，大多数日子是良好天气，说明兰州冬天的空气污染一定能够得到明显改善。

如今的兰州，交通便利，航空线路覆盖全国各大城市和旅游胜地；铁路干线通南达北，兰州是铁道部规划的十大区域性客运中心之一；兰州的高速公路可通向四面八方。兰州的科技教育文化和医疗卫生事业都比较先进，大学、中小学和幼儿园都办得比较好，能够比较好地解决市民子女的上学问题。兰州有十余个三级甲等医院，基本能够满足人民群众的医疗需求。文化设施、银行业、金融业、电信业都比较齐全先进。兰州的食品供应比较充足，蔬菜瓜果肉类供应都能满足市民的需要。兰州的煤、电资源丰富，天然气送到了千家万户，温暖了居民的生活。如今的兰州，南北两山绿化，街道绿树成荫，空地草坪覆盖，既有塞上边城的粗犷之美，也不乏风和日丽、小桥流水的江南秀色。兰州有数十公里的黄河风情线，两旁花坛苗圃星罗棋布，沿河喷泉五光十色，沿途的平沙落雁、丝绸古道、黄河母亲、西游取经、黄河搏浪等著名雕塑引人入胜；还有黄河上的百年中山铁桥，岸边水车公园等名胜，吸引了大量的中外游客。如今的兰州，上班的人努力工作，上学的人勤奋学习，经商做买卖的人早出晚归，悉心经营，旅游观光的人成群结队，游览名胜，公园里休闲的人自由自在，知足常乐，吼秦腔、漫花儿、唱京戏、演豫剧，打双扣、下象棋、搓麻将、打拳跳舞，各取所需，有一种"悠然见南山"的散淡。

我出生在会宁，生活在兰州，兰州是我的第二故乡，我们是兰州人，兰州是我们的共同家园。兰州人为兰州的历史骄傲，为兰州的发展骄傲，为兰州的未来充满信心和希望。兰州人已经为兰州的发展和繁荣做出了积极的贡献，出了力，流了汗，贡献了青春和才智。兰州人还要继续为兰州的繁荣昌盛献言献策，为兰州的稳定和长治久安操心出力。兰州人要勇敢担当建设兰州、发展兰州、繁荣兰州、美化兰州、稳定兰州的责任。要把兰州——我们的家园——建设成为人间美好的乐园。兰州人要与时俱进，弘扬正气，见义勇为，扶贫济困，"勿以恶小而为之，勿以善小而不为"，使兰州这个陇上名城具有向善排恶的功能。要让兰州人活出高度，活出质量，活出诗意，活出精彩，活得余裕，活得浪漫，活得山水生色，活得意气飞扬。

2013年3月

我家有孙初学语

　　孙儿，小名德德，大名程疆源，现在三岁半了，与儿子儿媳一起在加拿大多伦多生活。德德从两岁开始牙牙学语，先是一个字两个字地往外蹦，后来就是五六个字、七八个字地学说话，现在已经能说长长的句子了，也能比较准确地表达自己的意思了。德德在他妈妈怀孕期间发育就比较好，出生时足足有八斤重，一个大胖小子，一到人世间就一夜恨不高千尺地疯生猛长，两岁多一点身高就超过1米，现在已经长到1.1米了，已经成为不可忽视的家庭重要人物了。他在草地上踢足球，就像著名球星罗纳尔多一样，昂首阔步，踌躇满志，傲视群雄。由于个头长得快，"心眼"自然就"长"得慢，语言功能的发育比较慢，童年期可能要更长一些。不过，这也并不让人担心。我认为一个人的童年是最有想象力的时期，是一个怎么做梦怎么遐想都不过分的时期，也是一个让孩子相信梦想可以成真的时期。如今是个压缩时代，孩子的儿童时代像压缩饼干一样被压缩，过早地结束。孩子过早地成熟，过早地背起沉重的书包和生存竞争的纤绳，山一程水一程地往前奔跑，小小年纪就精于算计和权衡，早早地实惠化，世故化，让人觉得十分残忍。

德德学说话，一是在家里学，二是在幼儿园里学，在家里主要是学说汉语，在幼儿园里主要是学说英语。由于初学说话，对话语意思和场景的判断往往把握不准，不知深浅，不知轻重，因而有时说话很幼稚，让人觉得天真烂漫，妙趣天然，甚至异想天开；有时说话很老练，很大人气，让人觉得世事洞明，忍俊不禁；有时说话或回复大人的指令时也要耍点小聪明，避实就虚，半吞半吐，言不由衷，或者王顾左右而言他。

德德两岁多的时候，他奶奶到多伦多去看望他们。一日，一家人到户外活动，大人们在一起说话，德德爬到一个半高的台子上面，结果自己下不来了，就用英语说我要下来、我要下来。家人正在说话，没人听见他说什么，没人理他。他一看没有人来帮忙，就大叫："救命呀！救命！"实在太夸张了，大人赶快把他抱了下来。

一日，德德正在房间里喝奶，爸爸进屋去看他，德德嫌爸爸打扰自己喝奶，就喊："爸爸出去!"态度很生硬，妈妈就批评德德说不能没有礼貌。等喝完奶了爸爸又进去，德德就喊："爸爸请出去。"嘿!这下有礼貌了，一个"请"字把生硬和不礼貌都软化了。

一日，德德在车上不愿坐儿童座椅，妈妈就说，你不坐儿童座椅的话，警察就把妈妈抓走了。过两天德德听到警车的声音，就惊恐地说："警察把妈妈抓走了。"

一日，爸爸比较严厉地批评了德德，第二天早上德德醒来，爸爸说："爸爸到你的床上陪你一会好不好?"德德说不要，问他为什么不要爸爸陪伴，他说："爸爸说德德。"唉!看来还记仇了。

一日，爸爸妈妈给德德好吃的，德德就说："真是太麻烦你们了。"这话不知是从哪儿学来的，太成人化了，像个饱经世故的老江湖一样。

德德三岁的时候，学会了说许多长句子，有时候一口气说了一个长句子，爸爸和妈妈高兴而爱怜地笑他，他认为爸爸妈妈在取笑他，伤了他的自尊心，于是就很气愤地说："什么意思?什么意思嘛!"嘿，很有个性呀!看来莫名其妙的笑会被误解的。

三岁的德德不喜欢吃胡萝卜，爸爸妈妈劝他吃胡萝卜，他不吃，说："胡萝卜是给小兔子吃的，德德不是小兔子，德德不吃。"看看，冰雪聪明，不想做的事情还要找来充足的理由。

　　一日，妈妈给德德穿鞋子，用手捏着他的脚，劲使大了，他不舒服了，就很气愤地大喊："我的腿要断掉了。"也太夸张了，看来大人小孩都怕穿小鞋，孩子的小鞋在脚上，大人的小鞋往往在心上。

　　一日，爸爸给德德穿裤子，德德胖了，不太好穿，爸爸说这个胖子，德德马上说："不行，不准说德德。"然后指着挺着大肚子、一身肥肉的爸爸说"胖子，胖子"。反唇相讥，报复性挺强呀！看来"胖子"既不是好词，也不是好现象和好状态，德德永远不当"胖子"，希望爸爸妈妈都不当"胖子"。

　　一日，妈妈带着德德到商场购物，德德不小心把商场里的鞋盒子撞掉了，妈妈开玩笑说："小笨蛋。"结果德德气得哭了，说："德德是程疆源，不是小笨蛋。"好，不平则鸣，人小有识见，不做小笨蛋。

　　一日，德德回家，下楼出电梯的时候特别老练地回头对电梯里的人用英语喊了声："Bye guys（再见，伙计们）。"电梯里的"伙计们"也会心地笑着说："Bye-bye。"

　　一日，晚上十点了，德德还不睡觉，爸爸就问他："德德你看墙上的钟表，几点了，还不睡觉？"德德就特别赖皮地说："德德，嗯，看不太……嗯，清楚。"小小年纪已经知道用搪塞的办法来应付了。

　　一日，德德感冒了，晚上德德躺在床上让爸爸给他按摩，爸爸按摩了一会儿说："爸爸瞌睡了，爸爸睡觉好吗？"德德就装得可怜兮兮的样子说："德德感冒了，按摩一下好吗？"看来任何人求人都得低声下气呀！

　　一日晚，德德睡着了，在另一房间出生才半个月的妹妹——琪琪饿了，突然使劲叫了几声，结果吓得三岁多的德德哭了，他边哭边说："德德害怕了，声音太大了，把门关上吧！"德德的潜台词：人家的妹妹叫一声如莺歌燕语，我家妹妹叫一声像河东狮吼，真吓人噢！看来琪琪本就具备青藏高原的基因，来自青藏高原的人都有穿天透地的歌喉，声震寰宇啊。希望琪琪有一个美妙的歌喉，一生快乐地唱着动听的歌儿，走在阳光路上。过了几天，德德睡觉之前，儿子将琪琪放在德德身边，德德特别高兴，自己窃笑了一会儿，然后大声宣布："我喜欢辛西娅。"他再也不害怕琪琪了。

　　今年我已六十岁，已经正式进入老年人群了，白发苍苍，心境平和。含饴弄孙大概是老年人最大的兴趣，也是世人津津乐道的喜事。目下，孙子不在身边，儿子有责任心也有孝心，过几天就要把德德的巧言妙语用短信发过来，让我们大家"妙言共欣赏"，给我们增添了不少乐趣。

我是个赤手空拳到这个大城市闯生活的游子，在这里创业，在这里成家，在这里生子，在这里安身立命。记得儿子从小到大，我一直亲自拉扯，亲自教育，陪同上学，陪同画画，陪同补习，陪同进公园，陪同睡午觉，陪同讲故事，一步一个脚印，一年一个台阶，风风雨雨，岁岁年年，几乎是寸步不离地陪伴到他十七岁进入大学。那些时候成天为衣食生存奔忙，为事业追求奋斗，为功名利禄拼搏，儿子的童年、少年的经历，以及那些天真活泼的妙言趣事都没有记下来，也想不起来了，如今能清楚记得的只有一句堪称名言的妙语。记得儿子上小学二年级的时候，一天中午我接他回家吃饭。我骑着自行车，儿子坐在后座上，我们边走边说话。儿子先说："今天我们学校开运动会。"我说你参加了吗？儿子说："我参加的是六十米赛跑。"我说："好呀，你跑了第几名？"儿子说："第三名。"我高兴地说："好啊！不错，能拿奖品，应当奖励。"儿子嘿嘿笑了一声，过了一阵低声说："我们三个人跑的。"我哈哈大笑，差一点让自行车摔倒在地，我说也好，能参加就有勇气，走上拳台不计输赢，失败的未必不是勇士，第三名不能算失败，竞争的结局固然重要，竞争本身更有意义。事后我常常给朋友们讲儿子的"虚荣"和精彩，我说儿子就是不说他跑了最后一名，而是第三名。后来我仔细想想，认为儿子的坚持和看法是正确的，第三名和最后一名就是不一样。在竞技体育中，明确规定第三名是铜牌得主，是能够站在领奖台上的，而最后一名从来都不会得名次奖，最多得个风格奖、参与奖等。你看看我们各行业的某一项工作在全国进行评估检查验收，在三十多个省区得了最后一名，也要大肆吹嘘一番，什么里程碑呀，了不起呀！总结政绩，交流经验，奖励补助，披红挂彩，锣鼓喧天，彩旗招展，热血沸腾，喜上眉梢，奔走相告，好不热闹。儿子赛跑得了第三名，那可是名副其实的名次，当然应该奖励。不过当时奖励了什么，我都忘记了，可能就一碗牛肉面吧，一碗牛肉面儿子也满意了。

如今，孙子正是新月蓓蕾的年华，晶莹如玉，洁白无瑕，是一张白纸，应该写上最美的文字，应该画上最美的画图。我记录孙子的语言和趣事，就是想保留稚子童年走过的一串串脚印，收集一路上点点滴滴的欢笑，留下一页页让人心动的画面，安慰爷爷一天天老去的心田。记录孙子童年的语言和趣事，就是希望孙子能有一个优良美好的环境，呼吸些欧风美雨，沐浴千年汉唐风韵，涵养天地浩然之气，能够健康顺利地成长，自然奔放地发展，快乐阳光地生活。

希望孙子的童年能拥有一个多梦的天空，让天空缀满灿烂的星辰，点燃孩子灿烂的笑容；让他们的智慧插上想象的翅膀，童年时期有云天想象，少年时期有云天梦想，青年时期有云天理想；让心中的一粒种子能长出一个春天，自信地攀援那七彩的虹桥，自信地登上精彩的人生舞台，纵马扬戈，意气纵横。

希望孙子可以爱小玩具，可以爱小零钱，但必须要有大胸怀。希望他将来做普通人，干正经事，成为一个高尚的人，有用的人，纯粹的人，脱离了低级趣味的人。希望他长大后要有情义，有担当，有追求，有向往，有见识，可以平凡但不能平庸，能够驾驭生活，创造生活，美化生活；勤于锻炼，体魄健壮，心理阳光，不当"胖子"，也不当"小笨蛋"。希望他勤奋好学，知行合一，博学多识，自强不息；记着"有志者事竟成，破釜沉舟，百二秦关终属楚；苦心人天不负，卧薪尝胆，三千越甲可吞吴"的典故和启示。不希望他不学无术，志大才疏，无所作为，好吃懒做，骄傲自满，飞扬跋扈，玩物丧志，心浮气躁；不希望他做语言的巨人，行动的矮子。

常言说得好，一代人有一代人的人生起点，一代人有一代人的生活环境，一代人有一代人的历史责任。我是隔代的白发苍苍的爷爷，含饴弄孙就是逗孙子玩玩，让孙子高兴，让自己开心，想那么多的事情干什么？谁的娃娃谁抚养，谁的娃娃谁教育，谁的娃娃谁负责，我真是咸吃萝卜淡操心。

2013年3月

短信笔记

一

2011年8月26日，应会宁县委、县政府的邀请和教育厅领导的安排，我参加了会宁县红色旅游节活动，随后参观了"会宁教育展览"，对家乡人在教育方面做出的辉煌成绩赞叹、感动，随即作《会宁教育展览感想》，通过手机短信发给会宁县委书记、兰州市教育局长和会宁县教育局长，表达了自己的激动心情和关心家乡教育事业的拳拳之心：

尊师重教会宁县，三苦精神天下传。

十万书生成俊士，和谐社会更荣繁。

会宁历史悠久，民风淳朴。自明清以来，耕读传家、崇文修德、尊师重教的文化传统绵延六百余年。新中国成立后尤其是改革开放以来，会宁人民继承尊师重教的光荣传统，弘扬长征会师精神，励精图治，奋发图强，矢志教育，展现出薄弱经济基础支撑庞大教育的"会宁教育现象",在全国率先唱响"教师苦教、学生苦学、领导苦抓"的"三苦精神"。自恢复高考制度以来,会宁县累计向全国各大中专院校输送学生七万多人,其中上清华和北大六十多人。会宁输送的学生中,目前已经获博士学位的一千多人,获硕士学位的五千多人。

我是一个地地道道的会宁人,会宁的小米、洋芋喂养了我,会宁的山川雨露滋润了我,会宁的老师教育了我,会宁的长征会师精神和教育的"三苦精神"激励了我。在我走出会宁的几十年里,我从来没有忘记家乡的人,没有忘记家乡的事,没有忘记家乡的山川大地;没有忘记为家乡做一点事,帮一点忙,做一点贡献。但愿家乡更加富裕稳定,繁荣昌盛;但愿家乡的教育事业更加辉煌、更上一层楼;但愿家乡更多的学子走进"中关村",走向全中国,走向全世界。

二

2011年12月初与升元、学军、仁陟君回家乡,体验农村生活,4日凌晨我们上山,风雪迷漫,在几个小山头间迷路,走到别的村庄,不知村名,不辨南北,又羞于寻人打听,只好寻雪地中原脚印返回,弟弟意欲来接,差点闹出笑话,遂作小诗一首发给家人和朋友：

寒风猎猎上山行，雪雾茫茫掩路尘。

迷走故乡谁笑我，一分诗意任飘零。

入夜，四周夜幕沉沉，晴空繁星满天，远处灯火点点；举酒敬客，推杯换盏，行令猜拳，烤洋芋、吃柿子，品茗闲谈，双扣争先，既无公务可办，又无家务可做，纵情穷乡僻壤，放浪天地之间，不知今夕何夕，乐不可支，感慨不已，遂作诗短信交流：

寒山瘦水故家园，密密繁星缀九天。

俊友文朋端美酒，不知今夜是何年。

三

2012年初，曹凌君索要拙作《心河》一书，并发来自己近些年的经历，嘱余作诗签名，故作《赠曹凌》一首，小结了曹凌近些年的坎坷而丰富的经历。我相信一步步坚持不懈地改善自己境遇的曹凌，一定能够学有所成，业有所成，充分展示自己的才华，做一番事业，建一份功业，报效家乡，报效国家，实现自己的人生理想：

煤房三载复寒窗，洗碗描图铆大梁。

遍览群书传技术，深思熟虑著文章。

年年下苦谋薪水，夜夜耕耘为稻粱。

他日若能遂夙愿，才情再报本家邦。

四

2012年除夕之夜，焰火纷飞，鞭炮齐响，亲朋好友、同事同仁同学纷纷短信祝问，余遂作《西江月·庆新春》答复。美好的祝愿，让人深感盛世年华，社会和谐，亲朋安康的舒畅；此刻令人心旷神怡，宠辱皆忘，把酒临风，喜气洋洋：

焰火推开夜幕，

对联贴上家门。

唐人举世庆初春，

似水年华若梦。

玉兔交班辞旧，

金龙主政迎新。

江山万里紫云腾，

短信纷飞祝问。

五

2012年2月4日，正值立春之日，我偕家人故里寻根、祭祖，阳光灿烂，冰雪晶莹；家人聚会，情意浓浓。尤其是两岁多的孙儿疆源，喂小狗，看老牛，踏雪地，不论走到哪里都是主角，一家人都围着他转，亲亲抱抱，热热闹闹，遂作诗记之并短信发给亲朋好友共享：

内子儿孙故里行，寻根祭祖正逢春。

阳光灿烂寒山近，冰雪晶莹碧宇深。

宝宝一来情切切，家人共聚意浓浓。

今朝举酒思先辈，回首当年似梦中。

回想当年，我们在这个穷村子里辛勤劳作，牧牛放羊，种庄稼，修梯田，披星戴月，吃糠咽菜，吃了多少苦，受了多少罪，经历了多少磨难，正值盛年的母亲就是在贫病交加中去世的，那些年月真是不堪回首。如今，父母亲的孙子辈都接受了高等教育，基本都在城里工作，都在认真打点自己的生活，打点自己的未来，充满信心，充满希望。重孙辈也相继来到人间，健康成长，聪明可爱，父母泉下有知，一定会感到欣慰的。

六

2012年2月5日，刘瑞兰老师发来《读〈心河〉有感》："三江滚滚笔端流，五岳峨峨一纸收。万字天然不凿饰，千文妙谛写春秋。"刘老师的《有感》诗作，声韵和意境俱佳，是一首格律严谨的七绝诗，我难以为对，故仍以"天然不凿饰"的风格作答，以表此刻心情：

> 风雨人生六十年，酸甜苦辣记心间。
>
> 小书一册思经历，愧对亲朋金玉言。

七

2012年春天，大学同学在兰州的黄河楼酒店相聚，叙在校同窗之谊，述三十年工作经历，聊今后安度晚年的打算，"忆往昔峥嵘岁月稠"，看今朝功成身退也坦然，情意绵绵，感慨万千，无怨无悔，知足常乐，随后作《西江月·同学聚会》三首，短信发给同学共享：

一

> 初见文革动荡，金城滚滚烟尘。
>
> 上学幸遇读书风，夜夜灯前发奋。
>
> 四季勤习苦练，三春共处情深。
>
> 书生意气笑谈中，师大匆匆一梦。

二

> 分手改革开放，教书走上高台。
>
> 殚精竭虑育英才，本色依然未改。

肩负教师重任，风风雨雨情怀。

平生事业巧安排，不计功名成败。

三

今日相逢问候，青春已是寒秋。

悠悠岁月既难留，何必频频回首。

见面高杯酒满，分离不记忧愁。

重阳结伴上层楼，是是非非看透。

八

2012年端阳节，我回家乡过节，也是近四十年来第一次专程回乡过端阳节。早晨上山，云淡淡，草青青，山空空，风轻鸟鸣，遂作小诗一首祝朋友节日快乐：

山静鸟鸣曙色新，白云淡淡草青青。

回乡共度端阳节，疑是当年梦幻中。

下午又上山漫步，走到苜蓿地中，斜阳芳草，蜂舞蝶飞，紫花飘香，遂作《端阳苜蓿香》一首，发短信与亲友共享：

陌上苜蓿青又长，风吹草动紫花香。

群蜂竞唱述怀曲，原是觅食做蜜忙。

九

2012年7月19日，张奇君发来《参观兰州文溯阁〈四库全书〉藏书馆纪怀》，叙述了《四库全书》的经历和功过，并饱含深情地吟唱"雅士争观诚有幸，大河欢流似诵声"，让我深深感到张奇君的一份好心情、好诗情、好才情，也深深地启发了我，感动了我，遂作《读张奇先生〈参观兰州文溯阁〈四库全书〉藏书馆纪怀〉有感》，供诸同仁朋友赐教：

四库全书代代传，明清盛世数康乾。

文坛巨匠京中汇，经史子集分类编。

战乱流离黑土地，升平落户大河边。

金城有幸藏名作，引得学人访陇原。

十

2012年7月22日，兰州石化志文老总发来"联村联户"下乡时的诗作《静宁文化感》一首，对伏羲故里提出新发现、新见解："双联下乡陇上行，三县七村视农情。若非星夜实地看，岂知羲皇源静宁。"余祖籍秦安，秦安很早就称"成纪"，"成纪"即为羲皇故里的标志。唐代诗仙李白自认为陇西成纪人："白，陇西布衣，流落楚、汉；十五好剑术，遍干诸侯；三十成文章，历抵卿相。虽不满七尺，而心雄万夫。"（《与韩荆州书》）许多权威出版社关于"陇西布衣"的注解都确定李白祖籍是陇西成纪（现在甘肃省秦安县）。本人祖辈离开秦安已近百年，历来承认自己是地地道道的会宁人，但自己仍以祖籍成纪为荣，虽有附骥之嫌，却也是事实。近年来，天水、秦安和静宁都在极力争夺"成纪"的名号，仁者见仁，智者见智，互不相让。由于秦安本属天水管辖，大成纪、小成纪各得其所。但静宁参与争夺，让天水秦安颇为警惕，天水年年的伏羲祭奠仪式声势浩大，大有独占鳌头之势，余遂作诗一首答志文老总：

秦静两家本一脉，伏羲故里究属谁？

秦城早设羲皇庙，代代香烟绕祭台。

十一

2012年8月1日黄昏，永宁君短信发来《山行》诗作一首："燕绕旧林里，溪流古寺前。晚风吹落晖，钟声催人归。"当时我正在黄河之滨散步，但见白云淡淡，天宇碧蓝，水车悠悠，燕子高旋，芳草青青，暮柳含烟，大河滔滔东去，夕阳落向山峦，游人悠闲自在，享受夏日的凉风，欣赏大自然的景色，遂回诗一首：

漫步大河边，云高燕子旋。

夕阳山外落，暮色柳含烟。

永宁君短信称赞"暮色柳含烟"句意境不错，我回复"谢谢鼓励"。

十二

2012年8月5日，玉泉发来《华林山偶感》："此去夫如何，身心两轻松；虽知世间事，不敢笑清风。"玉泉是参加甘肃农业大学校长黄高宝教授的悼念活动时发出这一感叹的，我也同样感慨不已，随后写了几句话表达此时此刻的心情：

青山有幸，命运无情。

英年早逝，风范长存。

一生奋斗，激励学人。

身心坦荡，沐浴清风。

黄高宝校长是甘肃农业大学自己培养的一名杰出学者，博士毕业，又是博士生导师，主要致力于多熟种植、旱地保护性耕作、节水农业和农业生态的研究，兼任中国耕作制度研究会副理事长。他的研究方向和研究领域就是甘肃省农业发展的主要方向和领域，关系领导的决策、农民的衣食保障，是真正研究解决农民吃饭问题的学问，是农业学科研究领域的大学问，他为甘肃省的农业发展做出了突出贡献。他一边教书育人、竭力开展科学研究工作，一边当校长、管学校、抓教学、抓科研、抓毕业生的就业，是典型的双肩挑领军人才，2012年7月27日在井冈山干部学院参加培训班期间突发疾病去世，真是天妒英才，让多少亲朋好友、同仁同事同学痛断肝肠。

十三

2012年8月13日晚，乡党俊琏教授发来《壬辰夏末赴新疆于火车上仿古诗》："驱车出兰州，踽踽行古道。祁连如骏马，长城似耆髦。暑气殷蒸腾，戈壁艳阳照。但见漠漠沙，胡风摇白草。荡涤放情志，佳人何杳杳。岁月忽已晚，思君令人老。念我年半百，奔波多疲劳。一日复一夕，一夕复一朝。老骥志四海，万里能逍遥。瀚海有清音，涵咏又长啸。"俊琏教授驱车赴新疆讲学，穿越古丝绸之路，跨长城，越祁连，眺冰川，走戈壁大漠，感胡风白草，放情志，思佳人，"老骥伏枥，志在千里"，让人感到振奋。故不揣冒昧，班门弄斧，吟《夜读俊琏先生〈壬辰夏末赴新疆于火车上仿古诗〉随感》作答：

先生锐意走天山，锦绣诗文盛世传。

戈壁遥遥循古道，冰川寂寂跨祁连。

三伏暑气腾西域，八月胡风叩汉关。

老骥长啸千里志，书山学海更登攀。

俊琏先生，17岁考入西北师范大学中文系，37岁考取西北师范大学中国古代文学专业博士研究生，留校后一直在该校任教。现为西北师范大学教授、博士生导师，并担任国学院院长。近二十年来，他连续多次被评为"西北师范大学教学科研骨干"、"甘肃省省属高校跨世纪学科带头人"、"甘肃省跨世纪学术技术带头人"，入选甘肃省"333"人才工程，曾获"甘肃省高等学校青年教师成才奖"，完成并出版《敦煌文学文献丛稿》（中华书局）、《敦煌赋校注》《人物志研究》《敦煌赋评析》《敦煌小说评析》等学术专著，在《文学遗产》《文献》等高等级刊物上发表论文100多篇。俊琏先生还是我们会宁县的杰出英才。

俊琏先生自1988年以来，为本科生和硕士、博士研究生开设《古诗文选读》等专业必修课和选修课，自己也经常吟诗作赋，评品人物、事件。每走一地也要将所见所闻写成诗篇，抒发感想，表明态度，不平时仗义执言，赞叹时热情洋溢，兴奋时意气风发。既有殚精竭虑的勤勉，又有风花雪月的风流。他每有佳作，都要用短信发给我，把我这个门外汉也视作一名诗友，给我极大的鼓励。我用格律诗的章法学写格律诗，完全得益于俊琏先生的启发和指导，真是受益匪浅，收获良多。上述《随感》发给俊琏先生后，他又随手发来一诗："吾乡程夫子，诗才陇上闻。真情出花笺，妙句若行云。"这样的鼓励，出自一位学识渊博、见解精深的文学教授、博导，让我受宠若惊，愧不敢当，衷心感谢先生的鼓励和指导。

十四

2012年9月13日，兰州石化志文老总，面对日本9月10日悍然宣布"购买"钓鱼岛及其附属岛屿，实施所谓"国有化"，明目张胆地侵犯我国神圣领土，表示极大的愤慨并抒发维护祖国领土完整的激情，发来两首诗作，其一："忽听窃贼入我家，怎容他人盗买拿。但有一人能站立，横刀立马把敌杀。"其二："又闻东海闹倭寇，鼠目觊觎我神州。何日飓风扫蝼蚁，大刀横砍鬼子头。"随后赵莉等同志也发来短信，对日本部分人的强盗行径表示愤慨。余遂作《七绝》一首回复：

日寇狼心久有名，扩张抢掠几横行。

借来三百戚家士，扫尽倭人保境民。

日本，本来就是个小小的岛国，没有多少资源，没有什么文化。唐代，日本派了许多留学生到中国留学，学习中国的文化、技术和政治制度，慢慢发展强大。到了明代，以日本武士、浪人为主体的倭寇在我国东南沿海烧杀抢掠，无恶不作。因此，中国就出了戚继光这样的抗倭英雄，出了所向无敌的戚家军。自明朝嘉靖时期（16世纪中叶）倭寇入侵，到"二战"日本投降的近400年里，日本欺负中国的时间居多，两军对抗，常常是日本取胜，特别是"鸦片战争"以后的一百年，中国人受尽了日本的欺凌。唯独戚继光的戚家军，对日本人保持绝对的优势和绝对的胜利。史载，戚家军只有4000人左右。自嘉靖三十八年（1559）至嘉靖四十五年（1566），戚继光历十三战，每战横扫敌军，几近全歼，最大伤亡仅六十九人，敌我伤亡平均比例为30：1，可谓空前绝后。戚继光用"义乌人"训练的戚家军和他自己创立的"鸳鸯阵"、"五行阵"和"三才阵"等阵法，所向披靡，让倭寇闻风丧胆。最后干净利落地将倭寇全部驱逐出境。可以说戚继光是名副其实的民族英雄。

日本，从丰臣秀吉开始，就膨胀了"蛇吞象"的野心，一直到"二战"时的东条英机之流，都是心理阴暗，觊觎别人财物、领土的野心家。四百多年前的丰臣秀吉嘴边经常念叨这样一句话："在我生存之年，誓将唐之领土纳入我之版图。""七七事变"之后，日本人也扬言，三个月内灭亡中国。可以说，日本人自唐代向他的老师——中国学习，逐步强大以后，就从来没有忘记将中国及亚洲纳入自己的版图，日寇亡我之心永远不死。

我们这个民族是世界上最为坚韧的民族。在四大文明古国中，古埃及，古巴比伦，古印度都曾被异族灭掉，人早已不是原来那套人马了，文化也不是原来的传统文化了。只有中国的文化和民族主体，一直延续下来。几千年来，无论什么样的困难，什么样的绝境，什么样的强敌，什么样的野心家，从来没有人能真正地征服中国。尽管我们这个民族有着许多缺点、许多劣根性，却也有着无数的优点，有着无数的先进性和民族精英，任何强盗也休想吞并中国这个泱泱大国。但是中国人一定要励精图治，精诚团结，奋发图强，增强国力，发展壮大，弘扬爱国精神；一定要永远警惕帝国主义的侵略；一定要永远不忘国耻，警钟长鸣，警惕日本的狼子野心。

十五

2012年9月18日，大学同学杨发庭发来短信，表达了他读《生活的足迹》和《心河》之后的感想："走世界山川，读万卷名作，写文学随笔，看人间红尘。"

并希望我多写一些大学三年的生活，让同学们茶余饭后品味。我随后作《复杨发庭同学短信》一首作答：

峥嵘岁月喜相逢，地北山南聚省城。

故国排忧除四害，同窗幸遇读书风。

三春探讨硫酸钠，夤夜钻研氧化铜。

三十四年风雨路，如今与世已无争。

杨发庭同学又发来自己的诗作："金秋季节赴金城，看望同学程老兄。两册诗文写经历，内心仍是草民根。同窗三载结情义，别后方知友谊深，官至厅级更低调，相逢犹可道心声。"

杨发庭是我们班年龄最小的同学，比我小四岁，大家都叫他"尕娃子"。他天真烂漫，无忧无虑，努力学习，诚恳求教，不断进步。在学期间，他不像那些大哥哥一样有"心计"、有"城府"，没有整天想着追女同学，争风吃醋，演绎风流韵事；也没有想着捞一点政治资本，换一个好的毕业分配的出路。大学毕业之后，"尕娃子"就老老实实地回到家乡，回到那"醉卧沙场君莫笑，古来征战几人回"的戈壁绿洲，贡献自己的青春和智慧，书写自己的人生篇章。他一步一个脚印，勤奋耕耘，奋发图强，收获着汗水换来的成果，经营出属于自己的一片事业天空。如今，"尕娃子"早已是县职教中心的负责人，认真坚守着自己的神圣岗位，履行着自己的职责，设计着职业教育的蓝图，运筹着职业教育的未来，发挥着自己的聪明才智。祝愿"尕娃子"事业有成，硕果累累。

十六

2012年9月26日，应甘肃省教育科学研究所靳建设书记的邀请和教育厅办公室的安排，我到永靖县参加了甘肃省教育学会高中教育专业委员会主办的"甘肃省2012年普通高中新课程实验校长论坛"。由省教育学会白春永副会长和靳建设书记筹办的一年一度"高中校长论坛"活动，组织有序，内容充实，效果显著，高中校长踊跃参加，也得到大家的肯定和好评。这次论坛也让我十分感动，为此写《高中校长论坛感言》一首，发给同仁：

永靖河边起论坛，高中校长建新言。

三春计划植桃李，夤夜筹谋育俊贤。

课改齐心强素质，教学聚力克艰难。

殚精竭虑耕耘后，界界人才出校园。

甘肃省教育科学研究所常务副所长齐志勇先生收到短信之后，也有感而发："真情实感赞论坛，深思熟虑献精言。若得园丁尽如此，教育天地花果繁。"好诗，好心情，好精神。

十七

2012年9月26日，是我的第六十个诞辰之日，也是我六十岁开始的第一天。想想这六十年的经历，真可以说是风风雨雨，坎坷艰难。于是我在永靖县参加"甘肃省2012年普通高中新课程实验校长论坛"后回兰州的途中，作《六十初度感言》，发给亲朋好友，并感谢大家的祝福：

岁入花甲两鬓斑，经风沐雨走千山。

回头再望平生路，半是无言半坦然。

10月6日，外甥女何志晶和侄女程若荷等人张罗，给我们兄弟三人和小姑一起祝贺生日，因为我们四人从1959年到1975年，共同在一个锅里吃菜饭、喝菜汤，一起度过了那些挨饿受冻、艰难困苦的难忘岁月。生日宴会在福乐泉酒店举行，参加祝贺活动的都是自家亲戚，来自兰州、白银、靖远、会宁和嘉峪关等地，共计四代三十二人，最小的外孙只有半岁，也来赶热闹。活动由表弟王宗相主持，志晶和若荷买单还购买生日蛋糕和鲜花；侄女程遥、若芝、若桃等买了衬衣和羊毛背心等礼物。我发言，我已经六十岁了，工作旅程快要结束了。常言说，一代人有一代人的责任，我们这一代人的责任也基本上完成了。我们坚持让下一代都读了书，许多人还上了大学，大部分都有了一份不错的工作，有了一个比较好的起点。比起上一辈人来，我们的任务完成得还算不错，能够向上一辈交代。现在轮到子侄辈登场表演的时候了。他们有幸遇上了几百年难逢的中国盛世，机遇和挑战并存，希望和考验同在，期望他们把握好发展的机遇和方向，认真规划自己的未来，安排自己的生活，演绎自己的人生，展现自己的人生风采，闯出一片新天地，不要辜负我们这一代以及上一代人的殷切希望。活动结束之后，大家意犹未尽，回到家里继续围桌品茶，漫谈往事，交流趣事，其情绵绵，其乐融融。为此，我写了一首《生日聚会感言》，以短信方式发给大家，以记其事，以博一笑：

订饭聚餐福乐泉，姑侄生日共联欢。

宗相主持歌声起，侄女外甥同买单。

礼物无轻情更重，羊衫温暖马甲棉。

一盒蛋糕人人品，几束英花处处妍。

鱼肉鸡鸭九粮液，豪言妙语闹声喧。

青江靖远白银客，更有人来嘉峪关。

四代六亲千百岁，十家九姓数十年。

人逢盛世设丰宴，将遇良才划大拳。

今夜分别望珍重，来年再聚尚家湾。

十八

2012年10月21日，老家弟弟养的小狗毛毛突然走失。弟弟非常焦急，坐立不安，到处寻找，高声呼唤，仍不见踪影，遂发短信告诉在兰的家人："天无三日见阳光，冷雨敲窗心也慌。毛毛一去无踪影，发来短信道忧伤。"短信充分表达了弟弟焦虑和思念毛毛的心情，也表明毛毛在一家人心目中的地位。余收信之后，即复短信一则安慰弟弟，相信毛毛一定会自行归来：

宠狗悄离日夜长，回家无路定凄凉。

秋风萧瑟寒流到，雪雨兼程返故乡。

隔一日，弟弟又发来短信告诉大家，毛毛已经回来了，大家都放心了。毛毛非常可爱，十分忠诚，也非常有灵性，已经是家里不可缺少的一名重要成员。每次弟弟骑摩托车从外面回来，距家还有一两里路的时候，毛毛就竖起耳朵叫起来，家人就知道风尘仆仆为村民办事的村主任——弟弟回来了。今年三月，我带着儿子、孙子一起回故里祭祖、探亲，特意给毛毛带了肉块，让孙子到家后先喂毛毛，再问候亲友。只要毛毛高兴了，大家就都高兴了；如果惹毛毛不高兴了，弟弟的脸就会拉得像长白山一样。果然，孙子一到家就用肉块喂毛毛，毛毛就寸步不离地跟着孙子，大家也都前呼后拥地跟着孙子和毛毛，一家人笑声朗朗、其乐融融。今年由于弟媳在兰州为大女儿看孩子，家里很长时间只有弟弟和毛毛，也可以说相依为命。弟弟出门办事，毛毛就忠实地守护着家门。弟弟回来了，毛毛就跟前跟后地献殷勤，排寂寞，解烦忧，让人非常感动。难怪美国前总统里根说："你想要在纽约找一个朋友，不如养一条狗。"今年国庆长假期间，弟媳和侄女侄子都回家过节，毛毛高兴得跳来跳去，忘乎所以。假期快结束的时候，大家都要走了，毛毛就闷闷不乐，甚至流出了两股长长的眼泪，让一家人难舍难分，伤感不已。

十九

2012年10月25日，甘肃省老教育工作者协会为了迎接党的十八大胜利召开，并欢度重阳节，举办了全省老教育工作者喜迎"十八大"文艺演出活动。各校都组织排练了精彩的文艺节目，有合唱，有舞蹈，有弹奏。有的老教师已年近八十，仍然精神抖擞地登台表演，有才情，有才艺赢得阵阵掌声。这些老教师过去都是名师，如今仍然是"老骥伏枥，志在千里，烈士暮年，壮心不已"，让我这即将退休的一名老教育工作者激动不已，感慨万千，遂作《全省老教育工作者喜迎"十八大"文艺演出感言》一首，发给黄会长和蒋秘书长，表达自己的心情：

塞上风来秋叶黄，名师老骥度重阳。

放歌迎接十八大，万里江山更富强。

二十

2012年11月上旬，根据甘肃省教育厅安排，我与仲奇、元成同志一起到嘉峪关市督查教育规划纲要落实、教育体制改革项目进展以及为民办实事的中小学校舍安全工程、农村薄弱学校改造计划、幼儿园改造建设工程和中小学校车安全工程等工程项目的实施工作。我们下榻的饭店就在嘉峪关市风景区东湖边上。这里视野开阔，景色优美，马路宽阔，天下雄关在城边矗立，雪山冰川在沉睡，戈壁路万里，关山月朦胧。每天早上天蒙蒙亮，我就起床到东湖边上散步和晨练。当时正是阴历九月下旬，已经立冬，半片残月挂在西南天际，映在东湖碧波之中，冷冷的晨星照着塞外的钢城，面对这雄伟壮丽的"天下雄关"，想象这汉家一统几千年的万里江山，心潮澎湃，激动不已，遂写《雄关遐思》一首，发给亲友、同事：

晨星冷冷照边城，弯月高高挂九重。

嘉峪关前思汉统，神州万里起雄风。

二十一

2013年除夕之夜，万家灯火，烟花飞舞，亲朋好友发来了美好的祝词，余遂作《贺新春》一首，发给大家作为答复，也表达了自己的心情和对盛世繁华的赞叹：

楹联贴上万家门，辞旧迎新暖意浓。

短信传来祝欢乐，吉言发去贺升平。

佳肴美酒待亲友，鞭炮烟花耀太空。

更有年钱来压岁，一年更比一年丰。

二十二

蛇年到来，也是本人花甲之岁、本命之年，城市乡村到处都在庆祝新春佳节，亲友团聚，短信纷飞，互相祝福。想想自己今年将要退休，离开工作三十多年的教育岗位，难免心潮起伏、感慨万端，遂作《江城子·蛇年抒怀》一首，发给朋友，以表达自己此时此刻的心情：

东风又到大河边。

事如烟，水连天。

漫步堤头，满目正荣繁。

六十年华瞬间过，

身纵在，已无牵。

人说故里有桑田。

一亩三，几时还？

乡土乡音，处处是情山。

试问春神谁做伴？

尘满面，更无言。

二十三

春天是所有生命又一次蓬蓬勃勃的开始。当寒冬刚刚过去，小草不知不觉钻出地面，柳树条渐渐泛绿，迎春花悄悄开放的时候，东君正式告诉我们，又一个春天来到了。啊！春天，美丽的春天，春天在小溪的流水中跳起了轻盈的舞步；春天在群芳斗妍的花蕾上绽开了甜美的笑容。春天是拂在脸上的风，更是唱自心中的喝彩。春天，美丽的春天，这是我花甲之年的春天。为了表达我对这不同寻常的春天的感觉，我情不自禁，心潮起伏，百感交集，感慨万端，故作《朝中措·感怀》一首，发给亲朋好友，愿亲朋好友事业有成，万事如意：

东君又自绿天涯，

转眼已花甲。

心底几番苦痛，
身前多少繁华。

年年岁岁，
风风雨雨，
逝水流霞。
从此寻常巷陌，
金樽共话桑麻。